KB234945

서정적 풍경 2, 우리 마음속의 부두

서정적 풍경 2,
우리 마음속의 부두

| 복거일 |

북마크

서정적 풍경 2,
우리 마음속의 부두

2010년 10월 25일 초판 1쇄 인쇄
2010년 10월 30일 초판 1쇄 발행

지은이 복거일
그 림 조이스 진

펴낸이 정기국
펴낸곳 북마크

출판등록 제303-2005-34호(2005.8.30)
주소 서울특별시 성동구 행당1동 128-301 2층 1호
전화 02-325-3691 팩스 02-335-3691
이메일 chung84@empal.com

ISBN 978-89-92404-52-5 (03810)

———

시인과 소설가의 일은 가장 웅장한 것들 아래 자리잡은 초라함을, 그리고

가장 초라한 것들 아래 자리잡은 웅장함을 드러내는 것이다.

The business of the poet and novelist is to show the sorriness

underlying the grandest things, and the grandeur underlying the

sorriest things.

— 토머스 하디(Thomas Hardy)의 일기에서

———

●차 례

서정적 풍경 2, 우리 마음속의 부두

낮닭 우는 동네

집에서 글을 쓰다 보면, 가끔 닭 우는 소리가 난다. 우리 아파트는 달동네의 산기슭에 자리잡았는데, 달동네 위쪽 무허가 판잣집들 가운데 닭이나 염소를 치는 집들이 있다. 어찌된 일인지, 녀석은 새벽이나 아침엔 잠잠하다가, 환한 대낮에 목청을 뽑는다. 서울에 살면서 닭 우는 소리 듣는 것이 나쁘지 않아서, 나는 으레 손길을 멈추고 창가에 서서 산기슭에 다닥다닥 붙은 허름한 판잣집들을 내려다본다.

판잣집 지붕에 조용히 쌓이는 가을 햇살이 싱숭생숭한 마음을 불러낸다. '글은 안 되고… 에라, 모르겠다.' 밖에 나오니, 바람에 쌀쌀한 기운이 있다. 주머니에 찔러두었던 면장갑을 꺼내 끼고, 햇살 속으로 나선다.

내 산책길은 맨 위쪽 무허가 판잣집 바로 위로 났다. 주인이 마음 쓰지 않도록, 좀 떨어져서 그 판잣집을 살핀다. 더할 나위 없이 초라한 집이지만, 오래 되어서, 묘한 부드러움을 지녔다. 원래는 지붕에 슬레이트를 덮었었는데, 슬레이트가 삭아서 깨지자, 비닐 장판을 얹고 돌덩이들로 눌러 놓았다. 마당이라 하기도 뭣한 마당 가엔 해바라기와 **호박이** 심어졌고 과꽃은 제법 얼굴이 환하다.

그 아래 집들도 모습이 비슷하다. 한쪽 밤나무 아래엔 평상이 놓여 있고 전등까지 달려서, 이곳 사람들이 모이는 공회당 노릇을 하고 있다. 모두 일하러 나갔는지, 조용하다. 그 조용함을 흔들지 않으려는 마음에서, 나는 무의식적으로 한 걸음 물러선다. '지금도 이런 곳에서 사는 사람들이 다 있나?'하는 생각이 들 만큼 초라하지만, 이곳에 사는 사람들에겐 보금자리일 터이다. 남의 보금자리를 기웃거리는 것은 점잖은 짓은 못 된다.

누구에게 끄덕이는 것인지도 모르는 채, 나는 고개를 끄덕인다. 밤나무 아래 평상이 마음을 묘하게 쓰다듬어 준다. 서로 모르는 사람들이 서울 변두리 달동네로 밀려와서 거기서도 변두리에 이렇게 모여 사는 것이다. 고은高銀의 〈천은사운泉隱寺韻〉을 뇌어 본다.

그이들끼리
살데.

골짜구니 아래도 그 위에도
그들의 얼얼이 떠서
바람으로 들리데.

그이들은
밤 솔바람 소리,

바위보아
비인 산 허리.

가을이 오데.

바위를 골라
나앉아 우는 추녀 끝
뜰에 떨어지는 풍경소리에,

그이들끼리
살데.

그이들은 늙데.

돌아와 한번 잊은제

도로 가고 싶은 그이들의 얼 바람 진
산허리

그이들은
살데.

  물론 천은사와 이곳 무허가 판자촌은 비교가 되지 않는다. 천은사는 가장 큰 불교 종단에 속한 이름난 도량으로, 그곳에 사는 사람들은 적어도 의식주 걱정을 하지 않는다. 그들은 생존보다는 훨씬 높은 데 있는 것을 열망한다. 이곳 사람들은 하루하루 극빈의 검은 물살을 막아내기 바쁘다. 아마도 그들의 고달픈 꿈은 밥 배불리 먹고 집 안에 화장실이 있는 집에서 사는 삶을 넘지 못할 것이다. 천은사는 산새들이 노래하고 풍경이 맑은 목청을 내는 곳이다. 여기는 도시의 소음이 끊임없이 밀려오고 바람은 마른 호박 잎새에 감겨 탁한 음률을 낸다. 서로 더 다를 수가 없다.

  그래도 나는 두 집단이 아주 깊은 수준에서 동질적이라는 느낌을 받는다. 둘 다 외롭고 슬픈 사람들이다. 속세의 삶이 행복한데도 머리 자르고 출가하는 사람은 드물 것이다. 속세를 등지고 절로 들어온 사람들은 모두 나름으로 애달픈 사연이 있을 것이다. "돌아와 한번 잊은제 도로 가고 싶은" 것이 그들의 얼인 것이다. 속세의 인연은 잘라버린다고 쉽게 잘라지는 것이 아니다. 여기 달동네 변두리 무허가 판자촌에

흘러온 사람들의 사연이야 물론 무척 아프고 슬플 것이다.

저 아래 낮은 판잣집 지붕 너머로 현수막이 보인다. 글씨는 읽을 수 없지만, 이곳 달동네의 재개발이 시작되었음을 알리는 현수막이다. 문득 마음이 어두워진다. 재개발이 되면, 장기적으로 주민들의 다수가 이익을 볼 터이다. 그러나 손해를 볼 사람들도 적잖을 것이다. 세든 사람들은 새로 셋집들을 찾아야 하니 당장 괴로울 터이다. 정작 큰 손해를 볼 사람들은 바로 여기 무허가 판잣집 사람들이다. 공유지를 무단 점거하고 허가 없이 집을 짓고 살았으니, 아무런 보상도 받지 못하고 속절없이 집에서 밀려나는 것이다. 초라하고 허름하지만, 그래도 그들에겐 이 집들이 보금자리였다. 서울의 변두리인 여기서 밀려나면, 어디로 가나?

갈 곳 없어도 이곳 사람들은 떠나리라. 언젠가는 나도 떠나리라. 아마도 그때 나는 그리우리라. 낮닭 느닷없이 목청을 뽑던 동네가.

안락한 집에서 자라는 아이들을 위하여

우리에게 집은 너무 익숙해서, 우리가 집을 새삼스럽게 인식하거나 고마움을 느끼는 경우는 드물다. 그러나 찬찬히 살피면, 집은 현대에서 비로소 나온 멋진 기술들이 빚은 작품이고 덕분에 우리는 그 속에서 안락하게 산다는 것을 깨닫게 된다.

나이 든 세대들이 20세기 중반에 살았던 집들과 비교해 보면, 이 점이 또렷해진다. 그때 한 끼를 마련하려면 힘든 노동이 필요했다. 먼저, 마을 사람들이 함께 쓰는 우물이나 샘에서 물독에 물을 담아 따리 얹은 머리에 이고 와야 했다. 날씨가 궂으면, 특히 눈으로 미끄러운 겨울엔, 이것은 꽤나 고된 일이었다.

불을 때는 것도 가벼운 일이 아니었다. 땔감은 나무, 나뭇잎, 볏짚, 보릿짚, 왕겨, 마른 풀 따위 타는 것은 모두 긁어모아 마련했다. 그렇게 다양하고 화력이 고르지 않은 땔감들이 일정한 화력을 내도록 하려면, 상당한 기술이 필요했다. 땔감이 귀했고 화력은 약했으므로, 여러 음식들을 조리하는 일은 실질적으로 불가능했다. 하긴 그렇게 풍성한 식탁을 꾸릴 경제적 여유도 없었다. 전쟁이 일어난 뒤로는, 하루 세 끼 제대로 찾아 먹으면, 더할 나위 없는 행운이었다.

그때 집 안은 늘 어둠침침했고, 밤이면 그을음이 나는 석유 등잔 하나에 의지했다. 어쩌다 촛불을 밝히게 되면, 그리도 밝아서 감탄하곤 했다.

집 안에 전기와 수도와 가스가 들어오면서, 집안 살림은 근본적으로 달라졌다. 이제 현대의 집들은 19세기의 국왕들은 꿈도 꾸지 못한 안락함을 제공한다. 먼저 들어온 것은 전기였다. 전기가 처음 들어오던 날의 모습은 송찬호의 〈옛적 옛적 우리 고향 마을에 처음 전기가 들어올 무렵〉이 잘 그렸다.

마당가 분꽃들은 노랑 다홍 빨강 색색의 전기가 들어온다고 좋아하였다
울타리 오이 넝쿨은 5촉짜리 노란 오이꽃이나 많이 피웠으면 좋겠다고 했다

닭장 밑 두꺼비는 찌르르르 푸른 전류가 흐르는 여치나 넙죽넙죽
받아먹었으면 좋겠다고 했다
그리고 가난한 우리 식구들, 늦은 저녁 날벌레 달려드는 전구 아
래 둘러앉아 양푼 가득 삶은 감자라도 배불리 먹었으면 좋겠다고
생각했다

그해 여름 드디어 장독대 옆 백일홍에도 전기가 들어왔다
이제 꽃이 바람에 꺾이거나 시들거나 하는 걱정은 겨우 덜게 되
었다
궂은 날에도 꽃대궁에 스위치를 달아 백일홍을 껐다 켰다 할 수
있게 되었다

집이 그렇게 바뀌자, 당연히, 우리 삶도 근본적으로 바뀌었다. 그런
변화들은 대체로 바람직했지만, 아쉽게도, 사람들이 자연 환경으로부
터 너무 멀어졌다. 지금 집들은 외부 세계를 하도 잘 차단하기 때문에,
자연 환경은 집 밖에 놓이고, 집 안의 사람들은 인공적 환경에서 산다.
이런 상황이 사람에게 좋을 리 없다. 우리는 자연 환경 속에서 살았고
거기 맞게 진화했다. 갑작스럽게 인공적 환경 속에 놓이면, 우리 몸과
마음은 낯선 환경에 적응하느라 애를 먹는다.

모든 것들을 가게에서 사는 현대 도시의 삶은 사정을 악화시킨다.
예전에는 거의 모든 집안들이 전업이나 부업으로 농사를 지었다. 그

래서 아이들도 텃밭에서 작물들을 가꾸는 일을 도왔고 자연스럽게 작물들이 자라나는 모습을 살피게 되었다. 무거운 흙덩이를 밀치고 돋는 콩이나 옥수수의 싹들은 얼마나 예뻤던가! 호박이나 울콩 줄기가 울타리를 타고 뻗어가는 것을 살피는 것은 얼마나 흐뭇했던가!

요즈음 아이들은 그런 경험을 통해서 자연의 아름다움과 질서를 배울 기회를 갖지 못한다. 이것은 보기보다 훨씬 큰 손실이다. 마늘이나 옥수수와 같은 작물들이 자라도록 보살피는 것은 물건을 만들어내는 공작과는 본질적으로 다르다. 그것은 작물들이 제 천성을 펼칠 수 있도록 조심스럽게 돕는 일이지, 자신의 생각대로 생명이 없는 재료들을 다루는 일이 아니다. 그것은 작품의 천성에 대한 지식만이 아니라 참을성과 상대에 대한 존중이 필요한 일이다.

자신의 뜻을 상대에게 강제하지 않고 상대의 천성을 존중하고 보살핀다는 점에서, 작물들을 가꾸는 일은 다른 사람들과 사귀는 일과 본질적으로 같다. 감옥에서 원예를 배운 죄수들의 재범률이 다른 죄수들에 비해 훨씬 낮다는 사실은 시사적이다. 원예는 사람들과 사귀는 데 필요한 마음가짐을 사람이 지니도록 돕는 듯하다.

현대의 집들은 멋진 기계들이다. 그러나 우리는 그 기계들 안에서 안락하게 지내는 데 보이지 않는 값을 치른다. 자연의 완벽한 차단은 그런 값의 일부다.

만일 부모가 자식들이 베란다의 화분들에 꽃을 가꾸도록 격려하고 학교가 원예를 가르친다면, 사정은 좀 나아지지 않을까? 자기가 모종한 봉숭아가 자라서 꽃을 피우는 것을 보는 일은 다른 것으로 대치할 수 없는 경험이다. 이런 일에 투자되는 시간과 돈은 얼마 되지 않지만, 아이들의 심성은 상당히 순화될 터이다.

봄을 바라보는 고전적 눈길

봄은 폭발이다. 야산 중턱에 멈춰 귀 기울이면, 온 세상 꽃망울 터지는 소리가 마음을 가득 채운다. 폭발하는 것은 꽃망울들만이 아니다. 길섶의 작은 싹도 씨앗 속 어둑한 세상에서 이 밝은 세상으로 폭발적으로 나온 것이다.

생각해보면, 꽃망울이 터지는 순간은 긴 과정의 마지막 단계다. 꽃망울 하나를 터뜨리기 위한 준비 과정은 상상하기 힘들 만큼 복잡해서, 생물학자들도 아직 그것에 대해서 제대로 알지 못한다. 실은 알면 알수록 모르는 것들이 늘어난다는 것을 깨닫게 된다.

생명체의 자라남은 기계적 과정이 아니다. 그것은 개체의 유전체genome와 환경 사이의 끊임없이 이어지는 대화의 과정이다. 풀 한 포기

가 자라나 작은 꽃을 피우는 데도 많은 것들이 작용하게 마련이다. 그런 과정이 우리 눈에 보이지 않으므로, 새로운 존재가 느닷없이 태어난 것처럼 느껴지고 탄성이 나오는 것이다.

모든 꽃들은, 길섶의 이름 모르는 작은 꽃까지도, 생김새와 빛깔과 냄새에서 경이롭게 복잡하고 섬세하다. 게다가 그렇게 복잡하고 섬세한 특질들이 모두 기능적이어서 살아가고 자식들을 남기는 데 도움이 된다. 그렇게 경이로운 특질들은 모두 지구의 생성 뒤 줄곧 작용한 진화의 산물이다. 40억 년이 넘는 세월은 매화의 아름다움과 제비의 날렵함을 빚어내는 데 충분한 세월이다. 산책 길에서 우연히 눈길이 머문 풀잎에서 상상하기 어려울 만큼 긴 세월의 자취를 읽어내는 일은 결코 무뎌지지 않는 경험이다.

그런 눈길을 미국 철학자 로버트 퍼식Robert Pirsig은 '고전적'이라 불렀다. 세상을 근본적 형태로 파악하는 것은 고전적 눈길이고 주로 겉모습으로 파악하는 것은 '낭만적' 눈길이란 얘기다. 낭만적 눈길은 건물의 설계 도면에서 그저 선들과 알 수 없는 기호들만을 본다. 고전적 눈길은 거기서 지어진 건물의 모습을 읽어내고 장엄한 교회나 아름다운 오페라 하우스를 눈앞에 그린다.

이 세상의 모든 모습들은 경이롭고 흥미롭다. 꼭 고전적 눈길로 보아야 그런 것은 아니다. 무심히 둘러보아도, 봄 풍경은 가슴을 밝고

따스하게 한다.

특히 감동적인 것은 목숨의 강인함이다. 돌덩이처럼 굳은 흙을 뚫고 돋는 여린 싹을 보면, 모자를 벗어 경의를 표하고 싶어진다. 창틀 먼지에서 이끼가 자라고 거기 백양나무 씨앗이 내려 작은 나무로 커가는 것을 보면, 누군들 자신의 깊은 곳에서 파란 즙 같은 의욕이 솟는 것을 느끼지 않을 수 있을까? 포도의 틈새로 솟아 꽃을 피운 냉이를 누군들 무심히 지나칠 수 있을까?

미국 시인 시어도어 레트커Theodore Roethke의 〈잘라낸 가지들Cuttings〉은 목숨의 강인함에서 받는 감동을 노래했다.

마른 가지들의, 발을 내리려 애쓰는
잘린 줄기들의 이 충동, 분투, 부활,
어떤 성인이 그만큼 노력했는가,
그렇게 잘린 사지로 새 삶을 향해 일어섰는가?

나는 들을 수 있다, 땅속 그 빨아들임과 흐느낌을,
내 핏줄들로 내 뼈들로 나는 그것을 느낀다, ―
위로 배어오는 작은 물길들을,
마침내 벌어지는 단단한 씨앗들을.
물고기들처럼 미끄러운

싹들이 돋아나면,
나는 진저리치며 덮개 젖은 처음들에 기댄다.

This urge, wrestle, resurrection of dry sticks,

Cut stems struggling to put down feet,

What saint strained so much,

Rose on such lopped limbs to a new life?

I can hear, underground, that sucking and sobbing,

In my veins, in my bones I feel it, -

The small waters seeping upward,

The tight grains parting at last.

When sprouts break out,

Slippery as fish,

I quail, lean to beginnings, sheath-wet.

그래도 세상이 움직이는 원리를 살피는 눈길은 세상을 보다 경이롭고 흥미롭게 만든다. 길섶에 쪼그리고 앉아 이른 봄 작은 꽃을 들여다보노라면, 삶이 존재한다는 사실 자체가 새삼 경이로워져서 문득 가슴이 벅차 오른다.

아마도 그것이 블레이크William Blake가 〈순진의 징조들Auguries of Innocence〉에서 우리에게 얘기한 것일 터이다.

모래 한 알에서 세상을 보고

들꽃 한 송이에서 천국을 보려면,

그대 손 안에 무한을 담고

한 시간 속에 영원을 담아야 하리라.

To see a World in a grain of sand,

And a Heaven in a wild flower,

Hold Infinity in the palm of your hand,

And Eternity in an hour.

부모의 진화

어버이날 아침 느지막이 일어났더니, 안식구가 들뜬 얼굴로 전날 밤 늦게 딸아이가 식탁에 놓아둔 카네이션 두 송이와 선물 꾸러미를 가리켰다. 자식이 용돈을 아껴 마련한 작은 선물에 그리도 좋아하는 중년을 훌쩍 넘긴 여인의 모습을 멀거니 바라보면서, 나는 마음 한구석으로 안식구의 즐거움에 대한 진화론적 설명을 떠올렸다.

왜 부모는 자식을 그렇게 끔찍이 여기는가? 자식이 죽으면, 왜 가슴에 묻는가? 자신에 대한 부당한 처사는 철학적 마음으로 참고 넘기는 사람들도 자식이 받은 부당한 대우는 아주 작은 것이라도 그냥 넘기지 못한다. 그래서 애들 싸움이 으레 어른 싸움으로 번진다. 자식이 무엇이길래, 모두 그렇게 자신보다 자식을 위해서 사는가?

이것은 자연스러운 물음이 아니다. 자식 사랑은 하도 자연스러워서, 우리는 그것에 대해 "왜 그러한가?"라는 물음을 던지지 않는다. 그러나 한번 그 물음이 던져지면, 우리는 그것이 깊은 뜻을 지녔음을 깨닫게 된다. 누구에게나 자신이 가장 소중하다. 당연하다. 그러나 자식은 이 당연한 일에서 예외다. 찬찬히 살피면, 이런 사정이 이 세상의 모습을 결정하는 가장 근본적 요인임이 드러난다.

이처럼 중요하지만, 자식 사랑이 생겨난 까닭과 과정을 밝히기는 쉽지 않다. 그것은 실은 생각할수록 어려워지는 물음이다. 이 심오하고 어려운 물음에 대한 답은 19세기 중엽에 찰스 다윈Charles Darwin이 진화론을 세운 뒤에 비로소 나오기 시작했다. 진화론에 따르면, 자식 사랑은 부모가 자신들이 유전자들을 되도록 많이 퍼뜨리려는 목적에 봉사하는 본능이다. 한 사람의 유전자들을 가장 많이 지닌 개체들은 바로 자식들이다. 자식들이 지닌 유전자들의 절반은 자기 것이다. 다른 누구도 그렇게 많은 유전자들을 자신과 공유하지 않는다. 그래서 사람들은 자식들을 다른 개체들보다 아끼는 것이다.

생태계에서 기본적 존재는 유전자들이다. 사람이나 새와 같은 유기체들은 유전자들을 보존하고 전파하는 목적으로 유전자들이 만들어낸 도구들이다. 태초에는 부모가 아니라 유전자들이 있었다. 부모는 진화 과정을 통해 생겨난 존재다. 1976년에 출간되었지만 이미 고전이 된 〈이기적 유전자The Selfish Gene〉에서 영국 진화생물학자 리처드 도

킨스Richard Dawkins는 유기체들을 유전자들의 생존과 전파를 돕는 "생존 기계survival machine"라고 불렀다. 이처럼 생물적 현상들을 모두 유전자들의 행위들로 설명하는 이론은 "유전자적 관점gene's eye view"이라 불린다.

낯설고 어렵지만, 유전자적 관점은 모든 생물적 및 사회적 현상들을 깔끔하게 설명한다. 예컨대, 형제들 사이의 관계를 잘 설명한다. 형제도 자식과 마찬가지로 자신의 유전자들의 절반을 지녔다. 당연히, 우애는 깊고 보편적이다. 그러나 자식 사랑과는 달리, 우애는 세월이 지나면 차츰 식는다. 어릴 적엔 동생을 보살피는 것이 자신의 유전자들을 퍼뜨리는 유일한 길이지만, 어른이 되면 자식들을 낳는 것이 조카들을 낳는 것보다 자신의 유전자들을 퍼뜨리는 데 곱절 유리하다. 어릴 적에 우애가 깊었던 형제들이 자라서 재산 다툼을 벌이는 일이 흔한 것은 바로 그런 사정 때문이다.

이처럼 사람을 포함한 모든 생명체들의 구조와 행태를 논리적으로 잘 설명하므로, 진화론은 생물과학의 경계를 훌쩍 넘어서 사회과학에도 점점 큰 영향을 미친다. 진화라는 개념을 도입하지 않은 사회과학 이론들은 크게 부족함이 드러났고, 개인들과 사회들이 진화한다는 사실을 고려한 이론들로 빠르게 대치되고 있다. 이제는 일반 시민들도 진화론의 기본적 지식을 갖추어야 한다. 그렇지 못하면, 사회과학이나 사회철학에서 논의되는 일들을 제대로 이해할 수 없고, 중요한 사회 문제들에 관해서 자신의 견해를 세우기가 어렵다.

벌써 시들기 시작한 카네이션 꽃송이를 바라보면서, 나는 부모의 자식 사랑에 대한 진화론적 설명이 그 경이로운 현상을 덜 경이롭게 만드는가 자신에게 물어 보았다. 적어도 내겐 진화론적 설명이 경이감을 오히려 크게 한 것 같았다. 안식구의 들뜬 얼굴과 밝은 목소리에서 40억 년 동안 이어져 온 진화의 손길을 읽었을 때, 평범한 일상적 사건이 문득 깊은 뜻을 지닌 현상이 되었다.

진화론에 바탕을 두고 유전자적 관점에서 살피면, 세상은 사뭇 다른 모습으로 다가온다. 어떤 생명체도 하찮거나 범상하지 않다. 메마른 터전에 자리잡은 바위옷도, 포장된 인도의 갈라진 틈새로 고개를 내민 풀꽃들도, 흐드러진 꽃들 사이를 날아다니는 호박벌도, 모두 긴 세월의 손길이 다듬어낸 경이로운 모습을 한다. 그들 사이에 존재하는 복잡하면서도 합리적인 질서가 눈에 들어오는 것은 더욱 경이롭다.

우리가 의지하는 사람 가슴 덕분에
그것의 부드러움, 기쁨들과 두려움들 덕분에,
피어나는 가장 허름한 꽃도 흔히 눈물이 닿기엔
너무 깊은 데 있는 생각들을 내게 줄 수 있다.

Thanks to the human heart by which we live,
Thanks to its tenderness, its joys, and fears,
To me the meanest flower that blows can give

Thoughts that do often lie too deep for tears.

위대한 시인의 통찰을 우리가 따르기는 어렵다. 그러나 보다 나은 과학적 이론에 의지하면, 범상한 사람도 세상을 보다 멀리 그리고 깊이 살필 수 있다. 그리고 부모 노릇도 보다 잘 할 수 있다.

사람 살지 않는 집은 껍질일 따름

5월부터 문화재청 창경궁관리소가 주말마다 궁중혼례식을 대행하려 한다고 보도되었다. 관리소 측은 "문화재는 손때를 묻히면서 활용해야지 보존만 하면 낡고 썩어 간다" 며 고궁을 박제화된 공간이 아니라 살아 있는 공간으로 활용하고 궁중 혼례를 고품격 문화 상품으로 정착시키겠다"고 말했다.

옳은 얘기다. 건축가 르 코르뷔지에Le Corbusier의 말대로, "집은 사람이 속에서 살도록 된 기계다Une Maison est une machine-a-habiter." 사람이 떠나면, 넋이 떠난 육신처럼, 시골의 초가도 왕도의 궁궐도 이내 생기를 잃고 허물어진다.

얼마 전 중국에서 이 사실을 새삼 느꼈다. 소주蘇州에서의 원래 일정은 서커스를 보는 것이었는데, "소주에 와서 한산사를 찾지 않는 것은 말이 안 된다"는 얘기가 나왔다. 그래서 버스를 돌렸다.

한산사寒山寺는 절 자체가 특별해서가 아니라 그것을 읊은 당唐의 시인 장계張繼의 〈풍교야박楓橋夜泊〉 덕분에 유명하다.

달 지고 까마귀 울며 서리는 하늘 가득한데,
강가 단풍과 고기잡이 불빛이 수심찬 잠자리를 마주하네.
고소성 밖 한산사
한밤 종소리가 떠돌이 배에 닿는구나.

月落烏啼霜滿天
江楓漁火對愁眠
姑蘇城外寒山寺
夜半鐘聲到客船

널리 애송된 이 시를 송宋 때에 비석에 새겨 한산사에 두었는데, 이 비석은 없어졌고, 명明 때의 비석도 이제 흐릿해졌다. 지금은 청淸의 유학자 유월俞樾의 글씨로 새긴 비석이 서있다고 당시선에서 읽었는데, 막상 보니, 너무 새것이었다. 안내인의 얘기로는, 탁본을 하는 사람들이 너무 많아서 보호하려고 원래의 비석은 다른 곳에 두었고, 지금 절

에 서있는 비석은 근년에 모각한 것이라 한다. 세월의 손길에 씻긴 비석을 기대했던 터라, 적잖이 실망스러웠다.

정작 실망스러웠던 것은 고찰인데도 절 냄새가 전혀 나지 않는다는 점이었다. 관광객들이 워낙 많아서, 시장 같기도 했지만, 스님들이 살지 않는다는 것이 이내 드러났다. 실제로, 제복을 입은 공무원 비슷한 사람들이 무뚝뚝한 표정으로 절을 사무적으로 관리하고 있었다. 중국이 공산주의 사회라서 종교를 인정하지 않기 때문일 터이다.

우리 절에 들어서면, 사람이 보이지 않고 조용해도, 절의 모든 것들이 이곳에서 스님들이 살면서 수행한다는 것을 알려준다. 그래서 절도 살아있는 집이 되고, 절이 상징하는 교리도 살아있는 이념이 된다. 한산사의 경우, 몇 백 년 된 건물은 웅장하게 서있었지만, 그 안에서 사는 사람이 없고 절이 상징하는 교리도 사라져서, 빈 껍질에 들어온 것만 같았다. 한산사의 긴 내력과 명성도 사람들이 떠난 집에서 풍기는 쇠락의 냄새를 가리지 못했다.

시민들이 고궁에서 궁중혼례를 올리도록 한다는 문화재청의 계획은 그 점에서 아주 훌륭하다. 그것은 문화의 진정한 뜻을 이해하고서, 생기를 잃은 집을 살아있는 집으로 바꾸려는 노력이다. 문화적 풍토가 척박한 우리 사회에서 그런 노력이 몰이해와 반대에 부딪치는 것은 놀랍지 않다. 고궁을 상업적 목적에 쓰는 것은 궁전의 권위를 깎아

내린다는 얘기들이 나오는 모양이다. "고궁에서 실제 혼례를 대행하기보다 궁중 혼례를 정기적으로 재현하는 것이 바람직하다"는 대안적 주장도 나왔다고 한다.

그런 반응은 예상할 수 있는 현상이지만 합리적 태도는 아니다. 문화는 사람들이 살아가는 데 도움이 되므로 나온다. 그리고 사람들의 삶을 돕는 한도에서 뜻을 지니고 유지된다. 삶에 도움이 되지 않는 문화는 경쟁에서 져서 버림받는다. 이런 사정에서 문화를 사람 몸의 확장으로 보는 진화생물학자들의 통찰이 나왔고, 그런 통찰을 체계화한 '유전자−문화 공진화gene-culture co-evolution' 이론은 이제 생물학의 정설이 되었다.

우리가 문화재라 부르는 것들은, 한때는 선조들의 삶의 한 부분이었지만, 세상이 바뀌어서 사람들의 삶에서 떨어져나간 사물들이다. 재현이 아무리 충실하더라도, 그것으로 생기 잃은 문화를 되살릴 수는 없다. 사람들이 옛적 혼례 의식을 지금의 혼례에 실제로 쓸 때, 비로소 선조들의 문화의 한 부분이 되살아나는 것이다. 그리고 그 의식이 이루어지는 고궁이 문득 "사람들이 사는 기계"로서의 기능을 지니게 되어 생기를 되찾게 된다. 거기서 나온 수익은 문화재 관리에 들어가는 비용의 일부라도 갚을 터이니, 더욱 좋다.

"왕가의 중요한 일들이 이루어지던, 근엄한 자리"라는 이유로 고궁에서 시민들이 혼례를 올리는 것을 막으려는 태도는 문화의 기능도, 집의 뜻도, 제대로 이해하지 못한 데서 나온다. 껍질은 보지만 거기 담긴 뜻은 보지 못하는 것이다.

고향에서 살피는 자신의 모습

우리는 고향이 늘 그립다. 나라가 좁고 교통이 발전했으므로, 북한에서 내려온 분들 말고는, 누구나 고향을 쉽게 찾을 수 있다. 어떤 오지라도 이틀 여정이다. 그래도 우리는 늘 고향을 떠올리고 고향을 그리는 노래들을 흥얼거린다.

넓은 벌 동쪽 끝으로
옛이야기 지줄대는 실개천이 회돌아 나가고,
얼룩백이 황소가
해설피 금빛 게으른 울음을 우는 곳,

−그 곳이 참하 꿈엔들 잊힐리야.

질화로에 재가 식어지면
뷔인 밭에 밤바람 소리 말을 달리고,
엷은 조름에 겨운 늙으신 아버지가
짚벼개를 돋아 고이시는 곳,

—그 곳이 참하 꿈엔들 잊힐리야.

흙에서 자란 내 마음
파아란 하늘 빛이 그립어
함부로 쏜 활살을 찾으려
풀섶 이슬에 함추름 휘적시든 곳,

—그 곳이 참하 꿈엔들 잊힐리야.

전설傳說바다에 춤추는 밤물결 같은
검은 귀밑머리 날리는 어린 누의와
아무러치도 않고 여쁠 것도 없는
사철 발벗은 안해가
따가운 해ㅅ살을 등에지고 이삭 줏던 곳,

—그 곳이 참하 꿈엔들 잊힐리야.

하늘에는 석근 별

알수도 없는 모래성으로 발을 옮기고,

서리 까마귀 우지짖고 지나가는 초라한 집웅,

흐릿한 불빛에 돌아 앉어 도란 도란거리는 곳,

―그 곳이 참하 꿈엔들 잊힐리야.

널리 애창되는 정지용鄭芝溶의 〈향수鄕愁〉를 들으면, 사람마다 떠올리는 풍경은 다르겠지만, 누구나 가슴이 시려올 것이다.

이처럼 우리 마음을 늘 채우는 향수는 우리가 인식하는 것보다 뿌리가 훨씬 깊다. 고향은 말 그대로 우리를 만들어냈고 우리 몸과 마음은 늘 고향을 기억한다. 우리 몸은 부모로부터 물려받은 유전자들에 담긴 정보들이 처리되어 만들어지고 유지된다. 그러나 유전자들 혼자선 아무 것도 할 수 없다. 유전자들에 담긴 정보들을 구체화할 물질적 바탕이 있어야 한다. 그 물질적 바탕은 환경이 제공한다. 우리에겐 고향이 바로 그런 환경이었다.

작물의 씨앗들은 서로 비슷하지만, 기름진 땅에 심어진 씨앗들과 메마른 땅에 심어진 씨앗들의 운명은 크게 달라진다. 환경의 영향은 절대적이다. 우리는 태어날 때부터, 실은 어머니 배 속에 있을 때부터, 고향의 풍토와 풍습으로부터 깊은 영향을 받았다. 고향의 땅과 풍습이 우리를 다듬어낸 것이다. 그래서 세월이 지나도, 우리 몸과 마음은 고향의 기억을 그대로 지닌다. 그리고 고향을 그리워한다.

아쉽게도, 고향을 찾으면, 우리는 흔히 실망감을 맛본다. 우리가 그리던 고향의 모습이 많이 지워졌기 때문이다.

고향에 고향에 돌아와도
그리던 고향은 아니러뇨.

산꽁이 알을 품고
뻐꾹이 제철에 울건만,

마음은 제고향 진히지 않고
머언 항구港口로 떠도는 구름.

오늘도 메끝에 홀로 오르니
흰점 꽃이 인정스레 웃고,

어린 시절에 불던 풀피리 소리 아니나고
메마른 입술에 쓰디 쓰다.

고향에 고향에 돌아와도

　　그리던 하늘만이 높푸르구나.

　　〈고향故鄕〉에서 시인은 바뀐 고향의 모습을 맛보는 실망을 토로했다. "그리던 하늘만 높푸르구나"라는 그의 탄식엔 모두 공감할 것이다.

　　정지용이 살았던 시절 우리 사회는 근대화를 겪고 있었고, 그래서 모습이 빠르게 바뀌고 있었다. 이제 사회의 바뀜은 그때와는 비교가 되지 않게 가속되었다. 지형과 산업이 바뀌고 인심과 풍속도 따라서 바뀐다. 그래서 고향을 찾을 때마다 우리는 점점 낯선 고향과 만나게 된다.

　　내 고향은 장항선의 작은 역이 있는 마을이다. 밋밋한 야산에 자리 잡아서, 기름진 들도 웅장한 산세도 없다. 그래서 마을 사람들의 삶에서 철도는 한가운데 자리잡았다. 내게 남은 어린 시절의 기억들 가운데 철도가 들어가지 않는 것들은 드물다. 그리고 철도는 늘 거기 있었다. 세월이 지나고 사람들이 바뀌고 풍습이 달라져도, 내가 태어난 집이 헐리고 낯선 이층 양옥이 들어서도, 마을을 가로지른 철도는 듬직하게 거기 그대로 있었다. 내 마음엔 그 철도가 언제까지나 그대로 남아 있으리라는 믿음이 자리잡고 있었다.

　　그러나 아니었다. 철도를 직선으로 만들어 거리를 짧게 하는 일이 시작되자, 우리 마을을 지나 빙 돌아간 구간이 문득 버려졌다. 실은 역까지 함께 버려졌다.

얼마 전 모처럼 고향을 찾게 되자, 나는 먼저 철도를 찾았다. 버려진 철도는 쓸쓸히 말년을 맞고 있었다. 반들거리던 궤조는 암홍색 녹으로 덮여서, 서서히 흙으로 돌아가고, 둑에서 뻗어온 넝쿨들에 달린 호박들이 가을 햇살 아래 느긋이 몸을 말리고 있었다. 그 풍경에서 나는 생가 자리에 들어선 낯선 양옥을 보았을 때보다 더 깊은 서글픔을 느꼈다.

그래도 고향의 풍토엔 바뀌지 않는 부분들이 많다. 무엇보다도, 그곳엔 우리를 낳은 선조들이 잠들고 있다. 그런 곳에서 우리는 자연스럽게 유전자들과 환경이 함께 만들어낸 존재인 우리 자신을 살피게 된다. 생각해보면, 바뀐 것은 고향의 모습이라기보다 우리 자신이다. 고향 땅은 성찰의 자리다.

마음의 빈집에 밝히는 기억의 등불

사람들로 하여금 시를 짓고 읊도록 만드는 감정들 가운데 으뜸은 역시 사랑이다. 사랑을 읊은 시들을 빼놓으면, 인류가 지닌 시의 곳간은 텅 빈 느낌이 들리라. 그만큼 사랑은 강렬한 감정이다.

생명체들의 기본적 임무는 생식이다. 진화 생물학자들이 밝힌 것처럼, 우리는 우리 몸 속에 든 유전자들을 퍼뜨리는 임무를 지녔다. 당연히, 좋은 배우자를 찾는 본능은 다른 본능들보다 훨씬 강력하고, 아름다운 이성에 대한 사랑은 한껏 고양된 감정이다.

사정이 그러하므로, 실연보다 더 아픈 경험은 없다. 혈육이 죽어도, 따라서 죽는 경우는 거의 없다. 상심으로 시름시름 앓다가 죽은 경우는 있어도. 그러나 원래 자기 사람도 아닌 이성을 얻지 못해서 스스로 목숨을 끊는 경우는 허다하다. 그래서 연인을 잃은 슬픔을 노래한 시들은 언제나 우리 가슴에 깊이 울린다.

사랑을 잃고 나는 쓰네

잘 있거라, 짧았던 밤들아
창밖을 떠돌던 겨울안개들아
아무것도 모르던 촛불들아, 잘 있거라
공포를 기다리던 흰 종이들아
망설임을 대신하던 눈물들아
잘 있거라, 더 이상 내 것이 아닌 열망들아

장님처럼 나 이제 더듬거리며 문을 잠그네
가엾은 내 사랑 빈집에 갇혔네

기형도奇亨度: 1960 – 1989의 〈빈 집〉은 깊은 절망으로 우리 가슴을 후려친다. "빈 집"이라는 심상이 우리 자신의 실연의 경험을 되살린다. 그는 빈집을 감옥으로 여겼다.

그러나 집이 비었다고 집이 쓸모가 없어지는 것은 아니다. 초대하고 싶은 사람은 떠났지만, 그 사람에 대한 기억을 등불로 밝히고 퍼런 낙

과로 끝난 사랑을 바구니에 담아 놓고 세월에 익어가기를 기다릴 수도 있다. 그리고 언젠가는 초대할 사람이 나올 것이다.

사랑의 경험은 우리 삶의 중요한 부분이다. 얻고 싶었던 연인을 얻지 못했다고, 그것이 사라지거나 가치가 없어지는 것은 아니다. 사람의 경험은 삶의 공간을 만들어낸다. 비어있는 공간도 존재하는 것이고 그런 공간에 우리는 새로운 경험을 넣을 수 있다.

기형도는 너무 일찍 죽었다. 그래서 실연의 아픔에 긍정적 눈길을 보내고 자신의 사랑이 갇힌 빈집에 기억의 은은한 등불을 밝히는 시를 쓰지 못했다. 〈빈 집〉을 읽을 때마다, 나는 그것이 아쉬워진다.

그의 선배 시인이자 대학 선배인 마종기馬鍾基의 〈연가戀歌. 끝〉에서 우리는 그런 원숙한 시를 만난다.

이제 강물은 흐르지 않는다.
때로 강물을 막아서면
억제抑制한 미련未練이 쌓여
소리치며 한 길로 흐르던 물결,
향방向方을 알지도 못한 채
나는 사랑했다.
기억記憶하라 강물의 대화對話를,

강물의 시야視野, 그 은은한 힘을.

이제 강물은 흐르지 않는다.

흐르지 않는 강은 마침내 마르고

강물은 스스로 목숨을 태워

땅이 될 것이다.

그리하여 강은 자취를 감추고

강길을 따라 경사지傾斜地가 남으면

주위周圍의 몇 사람이 길을 가면서

잠깐 동안 목마름을 느낄 것이다.

상상했던 청춘靑春을, 그 사랑을.

그래도 언젠가는 모두 잊을 것이다.

이곳에 강이 있었던가

이곳에 강이 있었던가

그러나 잠깐 쉬어보라

아직 사랑할 수 있는 강의 이름

빛나는 물소리를 들을 것이다.

사랑을 잃은 아픔이 아무리 커도, 세월에 원숙해진 마음으로 돌아보면, "아직 사랑할 수 있는 강의 이름 빛나는 물소리를 들을" 수 있다.

삶 자체가 기적인데

젊은이들의 집단 자살이 갑자기 많아지면서, 자살이 중요한 사회적 문제가 되었다. 우리나라는 경제협력개발기구OECD 국가들 가운데 자살률이 가장 높다. 특히 걱정스러운 것은 젊은이들의 자살률이 높다는 사실이다. 근년에는 20대의 사망 원인들 가운데 자살이 단연 으뜸이어서, 2007년에는 10만 명당 21.0명이었다. 이것은 다음 원인인 교통 사고 10.4명의 곱절이 넘는 수치다.

생명이 있는 존재가 스스로 목숨을 끊는 것은 더할 나위 없이 끔찍한 일이다. 자살을 줄이기 위해 우리는 무엇을 할 수 있는가? 문득 마음이 막막해진다.

사람마다 독특하고 자살하는 사람들의 처지가 서로 다르므로, 일반적 애기를 하기는 무척 어렵다. 불행하게도, 처지가 너무 절박해서 다른 사람들이 자살을 말리기 어려운 경우들도 많다. 병으로 큰 고통을 겪는 사람들의 경우, 안락사는 합리적 선택일 수 있다. 빚에 짓눌려 생계가 막막한 사람들에겐 다른 길이 보이지 않을 것이고, 우리는 그들의 끔찍한 선택을 그저 아픈 마음으로 바라볼 수밖에 없다. 싸움에 진 장수가 자결하는 경우처럼, 굴욕의 삶 대신 더럽히지 않는 죽음을 고른 경우에도 우리는 그의 판단을 존중할 수밖에 없다.

그러나 집단 자살을 하는 젊은이들에게선 그런 절박함이 보이지 않는다. 물론 당사자들에겐 삶이 더할 나위 없이 괴로울 터이고, 그런 주관적 판단은 일단 큰 무게를 지닌다. 누구도 그들의 판단을 가볍게 여겨선 안 된다. 그래도 객관적으로 보면, 그들의 처지엔 선택의 여지가 있다. 우리가 살펴야 할 자살은 바로 이런 경우들이다.

객관적으로 덜 절박한 처지에서 자살하는 사람들은 대개 우울증에 시달린다. 우울증은 뇌의 기능에 생긴 이상에서 나온다. 다행히, 약으로 증세를 누그러뜨리거나 치료할 수 있다. 둘레에서 우울증의 위험을 인식하고 도와준다면, 자살의 위험에서 헤쳐나올 수 있다.

자살의 또 하나의 측면은 세상을 바라보는 태도다. 세상과 자신의 삶을 보다 긍정적으로 바라보게 되면, 사람들은 자살의 충동을 덜 느

낄 것이다. 여기서 결정적 요소는 자신의 불행에 대한 인식이다. 누구
나 자신의 행복이 가장 높은 가치라고 여긴다. 헌법도 '행복추구권'을
인정한다. 그래서 사람들은 행복하지 못한 삶은 가치가 없다고 여기게
된다. 집단 자살하는 젊은이들은 아마도 자신들의 삶이 너무 불행해서
살 만한 가치가 없다고 여길 터이다.

그러나 '행복이 최고의 가치'라는 믿음은 근거가 약하다. 진화생물
학은 생태계에서 궁극적 중요성을 지닌 단위는 유기체가 아니라 유전
자임을 보여주었다. 사람이나 풀이나 박테리아와 같은 유기체들이 아
니라 그들 속에 든 유전자들이 궁극적으로 중요하다. 유기체들은 유전
자들을 퍼뜨리고 나면 죽지만, 유전자들은 한정 없이 이어진다. 태초
에 유전자들이 있었고, 유기체들은 유전자들이 자신들의 생존을 위해
만들어낸 것이다. 유기체에게 가장 높은 가치는 자식들을 낳아 길러서
자신의 몸 속에 든 유전자들을 퍼뜨리고 존속시키는 일이다. 개인들의
행복과 불행은 그런 생물적 임무에 봉사하는 한도에서 뜻을 지닌다.

대를 잇는 것을 무엇보다도 중요하게 여긴 우리 선조들의 믿음이 현
대 과학에 의해 증명된 것이다. 우리는 40억 년 동안 이어진 생명의
역사에서 하나의 고리에 지나지 않는다. 자신의 삶의 궁극적 뜻을 성
찰할 때, 우리는 자신이 줄곧 이어진 수많은 세대들의 하나임을 인식
해야 한다. 그렇게 많은 선조들과 앞으로 한정 없이 이어질 우리 후대
들과 함께 고려되어야, 우리의 모습과 뜻이 드러난다.

또한 우리는 함께 사회를 이루어 이 시대를 살아가는 사람들에게도 마음을 두어야 한다. 사람들은 서로 돕고 협력하면서 문명을 이루었다. 자신의 이익을 늘리고 지키는 길은 바로 다른 사람들의 이익을 보살피는 것이다. 그런 상호적 이타주의reciprocal altruism는 삶의 근본적 질서다. 거대한 생태계의 어느 구석을 살피더라도, 우리는 이런 상호 협력을 보게 된다.

우리는 다른 사람들과 긴밀하게, 우리가 생각하는 것보다 훨씬 긴밀하게, 연결되었다. 우리가 일상적으로 소비하는 물건들과 서비스들은 헤아릴 수 없이 많지만, 그것들 가운데 어떤 개인이 스스로 만드는 것은 몇 안 된다. 누가 어디서 만들었는지도 모르는 갖가지 물건들을 우리는 무심히 쓴다. 생각해보면, 우리 자신들도 필요한 줄 몰랐던 것들이 그렇게 미리 만들어져서 우리의 선택을 기다린다는 이 세상의 질서는 정말로 경이롭다.

자연히, 우리는 다른 사람들과 잘 어울려 살 수 있는 천성을 지녔다. 마음이 병든 소수를 빼놓으면, 우리는 남들과 잘 어울려야 행복하다. 남에게 친절을 베풀면, 누구나 마음이 흐뭇하다. 친절과 협력은 우리의 천성이다. 그리고 그런 천성이 우리 자신들의 이익을 보장한다.

자신에게만 눈길을 주는 것은 자연스럽지 못하다. 이 세상은 남들과 함께 살도록 되었다. 우리가 '나'라는 껍질을 깨뜨리고 나오는 것은 그래서 세상과 삶을 살피는 일에서 긴요하다. '나'와 '나의 불행'에만 눈길을 주면, 위험해진다. 스스로 목숨을 끊는 젊은이들은 자신과 자신의 불행에 갇힌 것이다. 자살의 충동에 대한 가장 좋은 약은 우리가 섬이 아니라는 사실을 깨닫고 다른 사람들과 어울리는 것이다.

한번 '나'라는 껍질을 깨뜨리고 나오면, 이 세상은 경이롭다. 가장 경이로운 것은 우주가 존재한다는 사실이다. 우주가 존재할 필연적인 이유는 없다. 우주가 실존한다는 사실보다 더 경이로운 것이 있을까? 그리고 그렇게 경이로운 우주를 인식하고 감탄하고 이해하기 위해 우리가 존재한다. 그 사실도 물론 경이롭다. 그것은 우리 인류에게만 허락된 특권이다. 그 특권을 한껏 누려야 옳지 않겠는가?

거기 생각이 미치면, 문득 우리 몸이 더할 나위 없이 경이롭고 소중해진다. 이 광막하고 비정한 우주의 한구석에서 여린 육신들이 살면서 우주를 바라본다는 사실에 가슴이 뻐근해진다. 영국 시인 머빈 피크Mervyn Peake; 1911~1968가 〈사는 것은 충분히 기적이다To Live Is Miracle Enough〉에서 말한 대로, 우리의 맥박은 존재의 경이로움을 확실하게 증명한다.

그저 산다는 것만도 충분히 기적이다.
나라들의 멸망은 다른 일이다.
여기 내 두근거리는 맥박이 내 증명이다.

모든 화가들은 그림을 그리고 시인들은 노래하게 하라

그리고 모든 음악의 아들들은 그들의 생업에 종사하게 하라;

기계들은 풍뎅이 날개보다 약하다.

햇살에서 우주의 그늘로 벗어나더라도,

무엇이 닥치더라도 상상의 가슴은

높은 별자리며 무게를 달 수 없다.

탐욕도 두려움도 우리의 믿음을 찢을 수 없다

맥박마다 삶 자체가 충분히 기적임을

두근거림으로써 증명하는 동안은.

To live at all is miracle enough.

The doom of nations is another thing.

Here in my hammering blood-pulse is my proof.

Let every painter paint and poet sing

And all the sons of music ply their trade;

Machines are weaker than a beetle's wing.

Swung out of sunlight into cosmic shade,

Come what come may the imagination's heart

Is constellation high and can't be weighed.

Nor greed nor fear can tear our faith apart

When every heart-beat hammers out the proof

That life itself is miracle enough.

자신의 마법을 찾을 나이

현대에서 사람은 대체로 50대에서 절정에 이른다. 50대에서 사회 위계의 가장 높은 자리에 오르고 가장 많은 재산을 지니고 가장 큰 권위를 누린다. 정신적으로 원숙해졌지만, 아직 육체적 쇠락은 큰 장애가 되지 않는다. 젊음의 패기는 중년의 차분한 지혜로 제어되어, 판단에서 균형을 이룬다. 적어도 그렇게 여겨진다. 기업들의 최고경영자들이 대개 50대라는 사실은 우연이 아니다.

물론 예외도 있다. 운동 선수는 10대나 20대에 절정에 이른다. 배우는 젊을 때 가장 높은 인기를 누린다. 수학적 재능도 20대가 절정이다. 그래도 일반적으로 얘기하면, 사람은 50대에 지위와 기량에서 절정에 이른다. 이처럼 좋은 시절엔 당연히 활발하게 일해서 업적을 남

겨야 한다. 50대의 중요성을 인식하면, "최선을 다한다"나 "유종지미有
終之美"와 같은 진부한 표현들이 문득 새로운 모습으로 다가온다. 자신
의 잠재적 능력을 제대로 펼치지 못하고 삶을 마감하는 운명은 얼마
나 안타까운가.

다른 편으로는, 절정의 시기이므로, 50대는 내려가는 일에 대해 생
각할 때다. 대부분의 사람들에게 60대는 경력을 마감하는 시기다. 따
라서 50대에 자신이 평생 걸어온 경력을 잘 마무리하고 노년에 걸맞
은 '제2의 경력'을 준비해야 한다.

이 일은 당연히 어렵다. 우리는 육체적으로나 심리적으로나 늙음
에 잘 대처할 준비가 부족하다. 진화론의 관점에서 살피면, 자연은 생
식 활동이 끝난 개체들엔 관심이 없다. 그래서 우리 몸은 생식 활동
이 끝나는 나이가 지나면 빠르게 쇠약해진다. 물론 마음도 따라서 쇠
약해진다.

그렇게 자연의 무관심을 넘어서려는 노력이므로, 노년을 위한 준비
는 어쩔 수 없이 힘들고 성과는 그리 크지 않다. 따라서 우리는 의식적
으로 늙음을 맞을 준비를 해야 한다. 미국 시인 메이 스웬슨May Swenson;
1913~1989의 말대로, 젊음은 주어지지만, 늙음은 이루어진다.

젊기는 쉽다. (모두 젊다,

처음엔.) 쉽지 않다

늙기는. 그것은 시간이 걸린다.

젊음은 주어진다; 늙음은 이루어진다.

늙기 위해선

세월에 섞을 마법을 만들어내야 한다.

젊음은 주어진다. 우리는 그것을

벽장 속의 인형처럼 넣어두고,

휴일에만 꺼내서 놀아야 한다.

우리는 많은 옷들을 가져서

인형을 말끔하게 입혀야 한다

(그러나 인형을 보여주기 위해서가 아니라, 감춰두기 위해서.)

인형을 연모하는 것은 필요하다,

평범한 날들에 어둠 속에서 그것을 기억하기 위해,

그리고 날마다 거울 속

자신의 늙어가는 얼굴을 축하하기 위해.

때가 되면 우리는 아주 늙을 것이다.

때가 되면, 우리의 삶은 이루어질 것이다.

그리고 때가 되면, 때가 되면, 인형은 –

새 것처럼, 비록 오래 되었지만 – 찾아질 것이다.

It is easy to be young. (Everybody is,

at first.) It is not easy

to be old. It takes time.

Youth is given; age is achieved.

One must work a magic to mix with time

in order to become old.

Youth is given. One must put it away

like a doll in a closet,

take it out and play with it only

on holidays. One must have many dresses

and dress the doll impeccably

(but not to show the doll, to keep it hidden.)

It is necessary to adore the doll,

to remember it in the dark on the ordinary

days, and every day congratulate

one's aging face in the mirror.

In time one will be very old.

In time, one's life will be accomplished.

And in time, in time, the doll —

Like new, though ancient – will be found.

스웬슨의 〈늙는 길How to Be Old〉은 나이 든 사람들의 가슴에 여운 긴 울림을 남긴다. 그녀가 멋지게 표현한 대로, 충족한 노년을 위해선 "세월에 섞을 마법"을 만들어내야 한다. 다만, 사람마다 처지와 희망이 다르므로, 보편적 마법은 존재하기 어렵다. 누구나 자신에게 맞는 마법을 만들어내야 한다.

그래도 모든 사람들의 마법에 꼭 들어가야 할 요소들은 있을 터이다. 가장 기본적인 요소는 생산성이다. 사람은 사회의 자원을 쓰면서 살아간다. 그리고 사회에 필요한 산출을 만들어낸다. 나이가 들면, 쓰는 자원은 그다지 줄지 않지만 산출은 빠르게 줄어든다. 특히 정년을 맞아 조직에서 나오면, 생산성이 급격히 줄어든다. 원숙한 노년을 위해 자신의 마법을 찾는 사람들은 이런 생산성의 저하에 대해 깊이 살펴야 할 것이다.

나이 든 사람들의 모임에선 건강에 관한 얘기들이 주로 오간다. 나머지는 재산 관리에 관한 얘기들이다. 생산성에 관한 얘기는 거의 나오지 않는다. 건강과 재산이 삶의 기본이므로, 자연스러운 일이다. 그러나 사회에 도움이 되는 산출을 하지 못한다면, 원숙하고 만족스러운 삶이라 하기 어렵다.

노년의 생산성을 높이려면, 자신이 지닌 육체적, 지적 자원을 잘 지니고 써야 한다. 또 하나 중요한 것은 나이 든 사람들이 지닌 감정적 자산을 잘 쓰는 일이다. 나이가 들면, 대부분의 사람들은 다른 사람들에 대해 친절해진다. 특히 어린 아이들을 귀여워하게 된다. 이것은 긴 진화 과정을 통해서 다듬어진 우리 마음씨다. 손주들을 보살피는 사람의 자손들은 생존 가능성이 높을 터이고, 그래서 그런 마음씨를 물려받은 자손들이 널리 퍼졌다.

이런 마음씨는 사회에 소중한 자산이다. 아쉽게도, 현대 사회의 구조와 관행은 그런 감정적 자산이 제대로 활용되는 것을 어렵게 한다. 이 문제는 우리가 깊이 성찰할 만한 가치를 지녔다.

비잔티움으로의 항해

젊은이들에게 늙음은 낯설다. 그냥 낯선 것이 아니라 추하고 싫고 두렵다. 언젠가는 자신에게도 익숙한 것이 되리라는 사실을 모르지 않기 때문에, 더욱 추하고 싫고 두렵다.

그는 쉽게 들켜버린다
무슨 딱딱한 덩어리처럼
달아날 수 없는,
공원 등나무 그늘 속에 웅크린

그는 앉아 있다
최소한의 움직임만을 허용하는 자세로

나의 얼굴, 벌어진 어깨, 단단한 근육을 조용히 핥는
그의 탐욕스러운 눈빛

나는 혐오한다, 그의 짧은 바지와
침이 흘러내리는 입과
그것을 눈치채지 못하는
허옇게 센 그의 정신과

내가 아직 한 번도 가본 적 없다는 이유 하나로
나는 그의 세계에 침을 뱉고
그가 이미 추방되어버린 곳이라는 이유 하나로
나는 나의 세계를 보호하며
단 한 걸음도
그의 틈입을 용서할 수 없다

갑자기 나는 그를 쳐다본다, 같은 순간 그는 간신히
등나무 아래로 시선을 떨어뜨린다
손으로는 쉴새없이 단장을 만지작거리며
여전히 입을 벌린 채
무엇인가 할 말이 있다는 듯이, 그의 육체 속에
유일하게 남아 있는 그 무엇이 거추장스럽다는 듯이

기형도奇亨度의 〈늙은 사람〉은 늙음을 바라보는 젊은 시인의 마음을 대담하게 드러낸다. 흔히 쓰이는 '노인' 대신 '늙은 사람'이라는 제목을 단 데서 짐작할 수 있듯이, 그는 추한 늙은이와 자신이 일반적 수준을 넘어 개인적인 무엇으로 연결되었다고 느끼며 그래서 그 늙은 사람이 자신에게 다가오는 것을 꺼린다.

> 감당하기 벅찬 나날들은 이미 다 지나갔다
> 그 긴 겨울을 견뎌낸 나뭇가지들은
> 봄빛이 닿는 곳마다 기다렸다는 듯 목을 분지르며 떨어진다
>
> 그럴 때마다 내 나이와는 거리가 먼 슬픔들을 나는 느낀다
> 그리고 그 슬픔들은 내 몫이 아니어서 고통스럽다
>
> 그러나 부러지지 않고 죽어 있는 날렵한 가지들은 추악하다

유시집『잎 속의 검은 잎』에 함께 실린 〈노인들〉에서 시인은 훨씬 너그럽다. 주제가 '늙은 사람'이라는 구체적 존재에서 삭정이로 비유된 '노인들'이라는 추상적 개념으로 바뀌었다는 사실이 그런 너그러움을 가능하게 했다. 아, 얼마나 어려운가, 우리가 만나는 사람들에게 호감을 느끼고 가까이 대하기는. 그리고 얼마나 쉬운가, 추상적 '인간'을 사랑하기는. 바로 그런 사정이 인류에 대한 사랑을 내걸고 세상을 바꾸려 나선 혁명가들이 그리도 많은 사람들을, 몸 속에 피가 돌고 머

릿 속에 정신이 깃든 구체적 존재들을, 별다른 고뇌나 회한 없이 죽이
는 까닭이다. 너무 젊은 나이에 죽은 이 시인도 나이의 감옥에서 자유
로울 수는 없었나 보다. 그는 눈앞의 늙은 사람에 대해선 혐오와 두려
움을 느끼지만, 추상적 노인들에 대해선 상당히 너그럽다('늙은 사람'
은 1985년에 발표되었고 '노인들'은 1988년에 발표되었으니, 두 작품
들 사이의 시간적 차이는 그리 크지 않다).

그러나 그런 너그러움이 노인들에게 설 자리를 마련해주는 데까지
이르지는 못한다. 일찍 사라지는 노인들이 자연스럽고 "부러지지 않
고 죽어 있는 날렵한" 노인들은 추악하다고 그는 단언한다. 매몰찬 얘
기일까? 나이 든 사람들이야 당연히 섭섭하겠지만, 그들도 젊었을 때
는 비슷한 생각을 품었을 터이다. 어떤 젊은이에게나 늙음은 낯선 세
상이다. 자신이 그 세상에 발을 들여놓을 때까지는.

놀랍게도, 한 번 발을 들여놓으면, 누구나 깨닫게 된다, 그것이 꽤
먼 지평을 지녔고 생각보다 넉넉한 세상이라는 것을. "기다렸다는 듯
목을 분지르며 떨어질" 일 대신 뜻있는 일들이 많다는 것을 알게 된
다. 세월의 바람과 서리에 오히려 원숙해진 정신을 지닌 사람들이라
면 특히 그렇다. 예이츠William Butler Yeats의 〈비잔티움으로의 항해Sailing to
Byzantium〉는 그 사실을 힘차게 일깨워준다.

늙은이는 그저 하찮은 것,

막대기 위의 조각난 외투다,

넋이 손뼉 치고 그의 죽어야 하는 옷의

찢어진 곳마다 노래하고, 더 크게 노래하지 않는 한,

그렇다고 창가 학교가 있는 것도 아니다

그 자신의 장엄함의 기념비들을 살피는 것 말고는;

그래서 나는 바다들을 항해했다 그리고 왔다

성스러운 도시 비잔티움으로.

An aged man is but a paltry thing,

A tattered coat upon a stick, unless

Soul clap its hands and sing, and louder sing

For every tatter in its mortal dress,

Nor is there singing school but studying

Monuments of its own magnificence;

And therefore I have sailed the seas and come

To the holy city of Byzantium.

위에 인용된 것은 네 연들 가운데 둘째 연이다. 이 시에서 시인은 "젊은이들은 관능을 즐길 수 있지만, 늙은이들은 영성을 추구해야 한다 Youth can enjoy sensuality, but age must seek spirituality" [노먼 제퍼스Norman Jeffares]는 소신을 밝힌다. 그에게 비잔티움은, 보다 정확히 얘기하면, 유스티니아누스 대제가 성 소피아 성당을 열기 바로 전 6세기 초엽의 비잔티움은, 신이 살고 영성이 가득한 이상향이었다.

오래 다듬어진 철학적 전망으로 환하게 빛나는 이 위대한 시를 썼을 때, 예이츠는 예순한 살이었다. 그런 연륜이 없었다면, 장엄한 주제를 낭랑한 목청으로 노래한 이 시는 나오기 어려웠을 터이다.

시인이 나이가 든 뒤에 써야 어색하지 않은 시들도 있다. 황동규黃東奎의 〈꽃의 고요〉를 처음 읽었을 때, 새삼 그런 생각이 들었다.

> 일고 지는 바람 따라 청매青梅 꽃잎이
> 눈처럼 내리다 말다 했다.
> 바람이 바뀌면
> 돌들이 드러나 생각에 잠겨 있는
> 흙담으로 쏠리기도 했다.
> '꽃 지는 소리가 왜 이리 고요하지?'
> 꽃잎을 어깨로 맞고 있던 불타의 말에 예수가 답했다.
> '고요도 소리의 집합 가운데 하나가 아니겠는가?
> 꽃이 울며 지기를 바라시는가.
> 왁자지껄 웃으며 지길 바라시는가?'
> '노래하며 질 수도⋯'
> '그렇지 않아도 막 노래하고 있는 참인데.'
> 말없이 귀 기울이던 불타가 중얼거렸다.

'음, 후렴이 아닌데!'

젊은 시인이 들먹였으면 어쩔 수 없이 어색했을 불타와 예수도 칠순을 바라보는 시인의 목소리에 실리면 자연스러워서, 입가에 웃음기가 서리는 것을 느끼게 된다. 이것이 특권이 아니라면, 무엇이 특권이겠는가?

조금만 가까워져도 우리는
서로 말을 놓자고 합니다
멈칫거릴 사이도 없이
─너는 그 점이 틀렸단 말이야
─야 돈 좀 꿔다우
─개새끼 뒈지고 싶오
말이 거칠어질수록 우리는
친밀하게 느끼고 마침내
멱살을 잡고
싸우고
죽이기도 합니다
처음 만나 악수를 하고
경어로 인사를 나누던 때를
기억하십니까
앞으로만 달려가면서

뒤돌아볼 줄 모른다면

구태여 인간일 필요가 없습니다

먹이를 향하여 시속 140km로 내닫는

표범이 훨씬 더 빠릅니다

서먹서먹하게 다가가

경어로 말을 걸었던 때로

처음 만나던 때로 우리는

가끔씩 되돌아가야 합니다

김광규金光圭의 〈처음 만나던 때〉엔 평생 진지하게 살면서 진지한 시들을 써온 시인의 진정한 권위가 서린다. 그것도 나이가 줄 수 있는 특권이다.

사람은 때가 되면 늙는다. 늙음을 막으려는 의학적 노력들이 나오지만, 아직은 별 성과가 없다. 따라서 점점 병약해지는 몸으로 짧지 않은 노년을 보내야 한다. 그 세월이 비루하지 않도록 하려면, 사람은 나이가 주는 특권들을 살려야 한다. 나름의 경험과 철학에 바탕을 둔 비잔티움의 모습을 가슴에 품고, 게을러지는 육신과 정신을 채근해서 뱃길에 올라야 한다. 아마도 자신의 비잔티움에 이르는 사람들은 드물겠지만, 어쩌면 비잔티움은 영원히 닿을 수 없는 항구일 수도 있지만, 세르반테스의 말대로, "길은 늘 주막보다 낫다."

언제 가까이 갈 수 있을까

너무 멀다

아니면

무한한 공백이다

[박이문(朴異汶), 〈갈곳〉]

기다려주오

먼 땅으로 떠나는 병사가 연인과 포옹하는 모습이 텔레비전에 나온다. 힘든 작별이리라. 비록 전선에서 싸우는 것이 아니라 후방에서 경계와 건설에 종사한다 하더라도, 군대는 군대여서, 위험이 따르게 마련이다. 헤어져 지내야 할 기간도 짧지 않다.

병사의 간절한 눈길이 연인의 얼굴에 오래 머문다. 떠나는 병사들의 마음을 요약하면, "기다려주오"다. 자기가 돌아올 때까지, 둘만의 보금자리를 지키면서, 기다려달라는 것이다.

싸움터에 나선 병사들의 마음을 가장 잘 표현한 시는 러시아 시인 콘스탄틴 시모노프Konstantin Simonov; 1915~1979의 〈나를 기다려주오Wait For

Me〉일 것이다.

나를 기다려주오, 나는 돌아가리다,
당신의 모든 힘으로 기다려주오,
누런 비와 함께
황량함이 내릴 때도 기다려주오,
눈 더미들이 땅을 쓸 때도 기다려주오,
더울 때도 기다려주오,
다른 이들이 버려지고 과거와 함께 잊혀질 때도
기다려주오.
먼 곳들에서 편지들이 오지 않을 때도
기다려주오,
함께 기다린 이들 모두 이미 지쳤을 때도
기다려주오.

나를 기다려주오, 나는 돌아가리다,
당신이 잊어야 한다고 말하는 이들에게
자신들의 얘기가 옳다고 고집하는 이들에게
당신도 동의하지 마오.
내 아들과 어머니까지
내가 이미 사라졌다고 믿어도,
내 친구들이 기다림에 지쳐서,

내 넋이 평화롭게 쉬기를…

기원하며 불 가에 앉아

쓰디쓴 잔을 들이켜도

기다려주오. 나를 위한 그들의 건배에

서둘러 합류하지 마오.

나를 기다려주오, 나는 돌아가리다,

모든 죽음들에 앙갚음을 하기 위해서라도.

기다리지 않은 이들이

말하게 하시오: '그것은 그의 운이었다.'

그들이, 기다리지 않은 이들이

이해하기는 어려울 것이오,

사격전의 한가운데서

여기서 나를 기다려줌으로써

나를 구해준 것이 바로 당신이라는 것을.

오직 당신과 나만이 알 것이오

내가 어떻게 살아남았는가-

다른 누구와도 달리

당신은 기다릴 줄 알았다는 것뿐이오.

Wait for me, and I'll come back,

But wait with all your might,

Wait when dreariness descends

With the yellow rains,

Wait when snowdrifts sweep the ground,

Wait during the heat,

Wait when others are given up

And together with the past forgotten.

Wait when from distant places

Letters do not arrive,

Wait when all who've waited together

Are already tired of it.

Wait for me, and I'll come back,

Don't give your approval

To those who say you should forget,

Insisting they are right.

Even though my son and mother

Believe I'm already gone,

Though my friends get tired of waiting,

Settle by the fire and drink

A bitter cup,

So my soul should rest in peace…

Wait. Do not make haste to join them

In their toast to me.

Wait for me, and I'll come back,

Just to spite all deaths.

Let the ones who did not wait

Say: 'It was his luck.'

It's hard for them to understand,

For those who did not wait,

That in the very heat of fire,

By waiting here for me,

It was you who saved me.

Only you and I will know

How I survived –

It's just that you know how to wait

As no other person.

[영역: 야코블레바 (L. Yakovleva)]

시모노프는 〈기다려 주오〉를 1941년 여름에 서부 전선 참호 안에서 썼다. 그는 전우들에게 이 시를 낭송해주었고, 그들은 받아 적었고 암송했다. 1941년 겨울에 이 시가 방송되고 '프라우다'에 실리자, 엄청난 반응이 나왔다. 수백 차례 인쇄되고 병사들과 시민들이 받아 적고 낭송했다. 병사들은 이 시를 부적처럼 지녔고 "나를 기다려주오, 나는 돌아가리다”라는 반복구를 탱크와 차량에 새기고 팔뚝에 문신했다.

이 시가 그렇게도 높은 인기를 얻은 까닭은 모든 병사들이 품은 염원을, 즉 자신들이 전쟁에서 생존하리라는 희망과 자신들이 사랑하는 사람과 다시 만나리라는 기대를, 잘 드러낸 것이다. 그런 염원의 밑바닥엔 병사들이 품은 원초적 두려움이, 즉 자신들의 연인들이나 아내들이 자신들을 버리지나 않을까 하는 걱정이, 깔려 있다. 원초적 두려움과 낭만적 사랑이 결합한 터라, 이 시는 모든 병사들의 마음을 잘 대변했다.

시모노프가 〈기다려주오〉를 헌정한 연인은 배우 발렌티나 세로바Valentina Serova였다. 시모노프의 연정은 열렬했지만, 그것이 순수한 것만은 아니었다. 그는 이미 결혼해서 아들까지 둔 처지였고, 세로바를 좇아 아내와 아이를 버렸다. 소비에트 러시아 당국은 이 사실을 물론 잘 알았지만, 선전 목적을 위해 그들의 낭만적 연애를 대대적으로 소개했다.

뒤에 남기고 온 어린 자식에게 하는 얘기도 아내와 연인에게 호소하는 “기다려주오”만큼 절실할 수 있다. 1차 세계대전에서 싸운 영국 시인 시그프리드 서순Siegfried Sassoon; 1886~1967의 〈창가의 아이The Child at the Window〉는 그 점을 잘 보여준다.

이것을 기억해라, 유년이 멀어졌을 때;

소나기 뿌린 첫 봄날의 햇살을;

네 집 꼭대기 창에서 웃으며 내려다보는 너를,

그리고 말 타고 나서 채찍 소리와 함께 돌아와

네 아래 큰 잔디밭에서 광대 짓을 하는 나를.

시간은 우리의 기쁨을 지워낸다. 이것은 사랑과 함께 남기를…

멋진 삼월 날; 그리고 너, 채 네 살이 못 된,

네 유년의 세계에 선 – 내겐 천국이지.

이것을 기억해라 – 내가 지닌 행복을 –

내가 살아서 보지 못할 먼 봄들에;

세계는 파멸시키는 전쟁이 펼쳐진 지도 한 장인데,

그런 것을 모른 채 내 넋을 자유롭게 하는 너를.

왜냐 하면 너는 배워야 하기 때문이다, 당황스러운 세월너머,

사랑하고 지닌 작은 것들이 가장 좋은 까닭을.

세계의 창들은 눈물로 흐려지고,

재난들은 서쪽 구름장들처럼 몰려온다.

이것을 기억해라, 봄철 어느 오후,

네 자신의 아이가 내려다보면서 네 슬픈 가슴 노래하도록 만들 때.

Remember this, when childhood's far away;

The sunlight of a showery first spring day;

You from your house-top window laughing down,

And I, returned with whip-cracks from a ride,

On the great lawn below you, playing the clown.

Time blots our gladness out. Let this with love abide…

The brave March day; and you, not four years old,

Up in your nursery world – all heaven for me.

Remember this – the happiness I hold –

In far off springs I shall not live to see;

The world one map of wastening war unrolled,

And you, unconscious of it, setting my spirit free.

For you must learn, beyond bewildering years,

How little things beloved and held are best.

The windows of the world are blurred with tears,

And troubles come like cloud-banks from the west.

Remember this, some afternoon in spring,

When your own child looks down and makes your sad heart sing.

1차 세계대전은 유럽이 맞은 재앙이었고 유럽은 그 재앙에서 끝내 제대로 회복하지 못했다. 그런 재앙이 다가오는 것을 보면서 그리고 그 재앙이 삶을 근본적으로 바꿔놓으리라는 것을 느끼면서, 그는 아직 철이 들지 않은 자식에게 마음 속으로 '유언'을 한다, "사랑하고 지닌 작은 것들이 가장 좋은 것들인 까닭을 배워야 한다"고.

"소나기 뿌린 첫 봄날의 햇살"과 같은 것들이 중요하다는 시인의 얘기는 진실이다. 우리 삶에 모습을 부여하는 것은 바로 그런 작은 것들이다. 우리는 자신의 삶을 이야기로 꾸며 자신의 정체성을 얻는다. 그리고 그 정체성을 재산으로 삼아 혼란스럽고 위협적인 환경에 맞선다. 그렇게 우리 자신을 결정하는 이야기에서 핵심적 요소들이 바로 "사랑하고 지닌 작은 것들"이다.

우리 마음속의 남대문

불탄 남대문은 왜소하고 애처롭다. 누각의 아름다움과 웅장함을 잃은 채, 타다 만 재목들을 등에 이고 물에 젖은 석벽만이 갑자기 찾아온 재앙을 말없이 견딘다.

마음속에서 어지러이 휘돌던 놀라움과 안타까움은 이제 상실감으로 쓸쓸히 가라앉았다. 문득 그런 느낌이 그리 낯설지 않다는 것을 깨닫는다. 어릴 적 이웃집에 불이 나서 시꺼멓게 그을린 벽들만 남은 모습을 보았을 때 그런 느낌이 들었었다. 마음의 풍경 속에 자리잡고 언제까지라도 그대로 있을 것만 같았던 집이 갑자기 사라진 것은 작지 않은 충격이었다. 남대문의 경우엔 그런 충격이 몇 백 곱절 클 따름이다.

시골에서 자란 나에겐 남대문은 서울의 상징이었다. 그것은 빠르게 자라고 바뀌는 도시의 결코 바뀌지도 움직이지도 않는 표지였다. 서울역을 걸어 나오면, 남대문은 늘 거기 자리잡고서 익숙한 모습으로 어쩐지 불안한 마음을 다독거려 주었다. 그러면 나는 모르는 새 뇌이곤 했다, '내가 한 번 더 서울에 올라왔구나.'

남대문은 우리 모두에게 서울의 가장 익숙한 상징이자 가장 두드러진 표지였다. 그래서 서울의 여러 성문들 가운데 남대문만이 속담이나 동요에 흔히 나왔다. 이제 편지를 부치는 일이 드물어져서 좀 낡긴 했지만, 한 세대 전만 하더라도, 우리는 '남대문 입납入納'을 입에 올리곤 했다. '주소가 분명치 않은 편지'나 '이름도 주소도 모르고 집을 찾는 일'을 비웃는 말이었다.

남대문이 그리 오래 거기 있었으므로, 우리는 그것이 영원히 가리라 여겼다. 느닷없이 불타서 허무하게 무너져 내리자, 우리도 마음 한 구석이 무너져 내리는 듯한 충격을 받았다. 이제 우리는 뒤늦게 깨닫는다, 그것이 우리 마음속에서 생각보다 훨씬 큰 자리를 차지했었음을. 그리고 아릿한 슬픔으로 그 익숙한 모습에 작별의 눈길을 보낸다.

이 세상 무엇도 영원히 가진 못한다. 나무로 지어졌으므로, 남대문의 누각은 특히 여렸다. 파르테논이나 콜로세움이 일깨워주는 것처럼, 돌로 단단히 지은 건물들도 세월이 가면 무너진다. 그래서 무너지면 다시 세워야 한다.

장하던 금전金殿 벽우僻隅 찬 재 되고 남은 터에
이루고 또 이루어 오늘을 보이도다.
흥망이 산중에도 있다 하니 더욱 비감하여라.

노산鷺山이 금강산 장안사長安寺에 대해 읊은 것처럼, 무너지면 짓고 또 짓는 것이다. 우리도 남대문을 다시 지을 것이다.

그런 사실은 남대문이 본질적으로 우리 마음속에 있음을 일깨워준다. 남대문의 본질은 그것을 이루었던 그리고 앞으로 이룰 재목들과 단청들과 다듬어진 돌들에 있는 것이 아니다. 그것의 본질은 우리가 물려받은 유산들을 소중히 여기고 잘 지키며 그것들의 역사적 및 당대적 뜻을 늘 새롭게 새기는 마음에 있다. 그 남대문은 바람과 서리의 비정한 손길도 비뚤어진 마음의 앙칼진 손길도 훼손하지 못한다.

따지고 보면, 성문이 실용적 기능을 지녔던 시절엔 공식적으로 숭례문崇禮門이라 불린 남대문이 한성의 다른 성문들보다 더 중요했던 것은 아니다. 서울 둘레의 지리적 특성 때문에, 군사와 교통의 측면에선 흥인문興仁門이라 불린 동대문이 오히려 중요했다고 할 수 있다. 남대문이 중요해진 것은 개항으로 인천과 부산과의 교통이 중요해진 뒤였다. 특히 경인선과 경부선이 놓인 뒤였다. 그런 점에서 남대문은 서울

역과 운명을 함께 했다고 할 수 있다. 남대문은 우리 사회가 밟은 근대화 과정의 자연스러운 풍경이었다.

　곧 다시 세워질 남대문은 이전의 모습과 거의 같을 것이다. 그것은 중세 사람들의 마음에서 태어나 그들의 손으로 세워진 모습을 늘 지닐 것이다. 그러나 우리 마음속의 남대문은 우리 사회와 인류 문명이 진화함에 따라 끊임없이 새로운 뜻을 지닐 것이다. 우리는 그 점을 차분히 새겨야 한다. 중요한 것은 소중하지만 이제는 실용적 기능을 지니기 어려운 그 유산을 어떻게 바라보고 간수하며 살아있는 기능을 부여하느냐 하는 것이다. 생각해 보면, 그런 성찰은 '문화재'라 불리는 유산들에 대한 근본적 성찰로 이어진다.

사라진 시인을 위하여

박인환朴寅煥은 사라진 시인이다. 분명히 그는 시인 대접을 받았고, 김수영金洙映, 김경린金璟麟, 임호권林虎權, 양병식梁秉식과 함께 동인시집 〈새로운 도시都市와 시민市民들의 합창合唱〉을 내서 주목을 받았고, 자신의 시집 〈박인환선시집朴寅煥選詩集〉도 냈다. 그러나 한국 문단에서 그를 입에 올리는 사람은 없다. 어쩌다 그의 이름이 나오면, 그는 으레 폄하된다.

그렇다고 그가 잊혀진 것은 아니다. 그의 〈세월歲月이 가면〉은 반 세기가 지난 지금도 노래로 널리 불려진다.

지금 그 사람의 이름은 잊었지만

그의 눈동자 입술은
내 가슴에 있어.

바람이 불고
비가 올 때도
나는 저 유리창 밖
가로등 그늘의 밤을 잊지 못하지

사랑은 가고
과거는 남는 것
여름날의 호숫가
가을의 공원
그 벤치 위에
나뭇잎은 떨어지고
나뭇잎은 흙이 되고
나뭇잎에 덮여서
우리들 사랑이 사라진다 해도
지금 그 사람 이름은 잊었지만
그의 눈동자 입술은
내 가슴에 있어
내 서늘한 가슴에 있것만

그가 잊혀지게 된 까닭은 그의 친구인 김수영이 그의 부박함을 꾸짖은 것이다. 김수영의 글엔 박인환의 시들만이 아니라 시인에 대한 경멸이 흥건히 배어 있다. 그 뒤 김수영이 우리 문단에서 가장 영향력이 큰 시인이 되면서, 박인환에 대한 그의 평가는 정설이 되었고 박인환은 진지한 논의의 대상이 되지 못하는 시인으로 전락했다.

김수영의 그런 부정적 평가가 근거 없는 것은 아니겠지만, 다른 편으로는 상당히 가혹하다. 당시 우리 사회는 해방 뒤의 혼란과 전쟁으로 뿌리가 뽑힌 사람들의 사회였다. 하루하루 생존하는 것이 누구에게나 최대의 목표였다. 그런 사회에서 뿌리를 내려야 가능한 무슨 일은 일어날 수 없었다. 깊이 있는 무엇을 추구하는 것은 대부분의 사람들에게 사치였다. 그렇게 부박한 사회에선 누구도 부박함에서 벗어날 수 없다.

아울러 우리는 그가 20대의 시인이었다는 점을 고려해야 한다. 그는 1926년 8월에 태어나서 서른이 채 안 된 1956년 3월에 죽었다. 20대의 시인에게서 깊이나 원숙함을 기대하거나 요구하는 것은 아무래도 비현실적이다.

한 잔의 술을 마시고
우리는 버지니아 울프의 생애生涯와
목마木馬를 타고 떠난 숙녀淑女의 옷자락을 이야기한다

목마木馬는 주인主人을 버리고 거저 방울소리만 울리며

가을 속으로 떠났다 술병에서 별이 떨어진다

상심傷心한 별은 내 가슴에 가벼웁게 부숴진다

그러한 잠시 내가 알던 소녀小女는

정원庭園의 초목草木 옆에서 자라고

문학文學이 죽고 인생人生이 죽고

사랑의 진리마저 애증愛憎의 그림자를 버릴 때

목마木馬를 탄 사랑의 사람은 보이지 않는다

세월은 가고 오는 것

한때는 고립孤立을 피하여 시들어 가고

이제 우리는 작별하여야 한다

술병이 바람에 쓰러지는 소리를 들으며

늙은 여류작가女流作家의 눈을 바라다보아야 한다

……. 등대燈臺에 …….

불이 보이지 않아도

거저 간직한 페시미즘의 미래未來를 위하여

우리는 처량한 목마木馬 소리를 기억하여야 한다

모든 것이 떠나든 죽든

거저 가슴에 남은 희미한 의식意識을 붙잡고

우리는 버지니아 울프의 서러운 이야기를 들어야 한다

두 개의 바위 틈을 지나 청춘青春을 찾은 뱀과 같이

눈을 뜨고 한잔의 술을 마셔야 한다

인생人生은 외롭지도 않고

거저 잡지雜誌의 표지表紙처럼 통속通俗하거늘

한탄할 그 무엇이 무서워서 우리는 떠나는 것일까

목마木馬는 하늘에 있고

방울소리는 귓전에 철렁거리는데

가을바람 소리는

내 쓰러진 술병 속에서 목메어 우는데

그의 대표작 〈목마木馬와 숙녀淑女〉에서 우리는 뜻밖에도 진지한 시인과 만난다. 이 작품에서 두드러진 것은 전통이 무너진 사회에서 새로운 문학 사조를 받아들여 자신의 정체성과 문학을 찾으려는 진지함이다. 이 시에 부박함이 어린다면, 그것은 부박할 수밖에 없었던 사회의 모습이 비친 것일 터이다.

조지 오웰George Orwell이 지적한 것처럼, 부당하게 잊힌 작품들은 많지만 부당하게 기억되는 작품은 없다. 〈세월이 가면〉이 아직 애송된다는 사실은 박인환의 시들에 사람들의 사랑을 받을 무엇이 있었다는 증거다. 그런 시인이 한국 문학사에서 사라지도록 만든 것은 김수영의 폄하라기보다 김수영의 권위에 기대는 우리의 지적 게으름이다.

눈의 마법, 사랑의 마법

눈은 늘 마법이다. 초라한 달동네 골목을 문득 정갈하고 아담한 풍경으로 바꾼다. 예전에 초라한 초가들을 그림 엽서 속 풍경으로 문득 바꾸었듯이. 겨울 가뭄으로 먼지만 날리던 거리에 모처럼 촉촉한 바람이 스친다.

저만큼 젊은 연인들이 걸어간다. 그들의 달뜬 마음이 둘레를 환하게 밝힌다. 하긴 사랑보다 더 멋진 마법이 있는가?

눈의 마법에 사랑의 마법이 겹친 거리는 동화 속 마을이다. 비록 몇 걸음이지만, 그들과 나 사이의 거리는 한 세대가 넘는 거리다. 그 아득한 거리를 추억이 메워주면서, 내 메마른 마음에 생기 어린 시구가 스친다.

　　가난한 내가

　　아름다운 나타샤를 사랑해서

　　오늘밤은 푹푹 눈이 나린다

　　나타샤를 사랑은 하고

　　눈은 푹푹 날리고

　　나는 혼자 쓸쓸히 앉어 소주燒酒를 마신다

　　소주燒酒를 마시며 생각한다

　　나타샤와 나는

　　눈이 푹푹 쌓이는 밤 흰당나귀 타고

　　산골로 가자 출출이 우는 깊은 산골로 가 마가리에 살자

　　눈은 푹푹 나리고

　　나는 나타샤를 생각하고

　　나타샤가 아니 올 리 없다

　　언제 벌써 내 속에 고조곤히 와 이야기한다

　　산골로 가는 것은 세상한테 지는 것이 아니다

　　세상 같은 건 더러워 버리는 것이다

　　눈은 푹푹 나리고

아름다운 나타샤는 나를 사랑하고
어데서 흰당나귀도 오늘밤이 좋아서 응앙응앙 울을 것이다

　1938년에 발표된 백석白石의 〈나와 나타샤와 흰당나귀〉가 그린 세상은 이제 사라졌다. 그러나 눈 오는 밤에 사랑하는 여인과 뱁새 우는 깊은 산골로 들어가서 오막살이에서 조용히 사는 꿈이야 지금도 모두 지녔으리라.

　젊은 연인들에게 부러움과 축복이 어린 눈길을 보내고, 언덕 위 공원으로 올라가는 길로 접어든다. 집들이 사라지면서, 어릴 적 기억을 불러내는 풍경이 나온다. 저만큼 선 소나무가 문득 어깨의 눈을 턴다. 그 적막한 소리에 내 살이 문득 시려온다.

아픈 산하를 보며

북한의 산하는 아프다. 그 위에 사는 사람들이 그리도 깊이 아픈데, 땅이 어찌 아프지 않을 수 있겠는가?

눈에 들어오는 산마다 민둥산이었다. 파란 풀들이 황량한 모습을 누그러뜨렸지만, 여러 번 와 본 임업 전문가의 말대로, 겨울엔 살벌할 풍경일 터였다. 한쪽 산엔 듬성듬성 사람 키만 한 소나무들이 서있었다. 주민들이 땔감을 얻는 산이라고 그가 설명했다.

어찌 된 일인가? 옛 사람이 말하지 않았던가, 나라는 무너져도 산하는 그대로 남는다고?

나라는 무너졌어도 산하는 그대로 남았고

도성에 봄이 와서 풀과 나무만 우거졌구나.

國破山河在

城春草木深

[두보(杜甫)의 〈봄의 정경(春望)〉의 첫 연]

　개성공단에서 서쪽으로 한참 더 들어간 이곳까지 찾은 계제가 경기도에서 지원한 '개풍양묘장' 준공식이었으므로, 마음은 그리 어둡지 않았다. 온상과 밭에서 자라는 밤나무, 호두나무, 참나무, 잣나무 싹들과 묘목들이 마음을 환하게 했다. 그래도 아픈 몸을 누인 산하는 끝내 내 마음을 압도했다.

　헐벗은 산들은 북한 사회의 근본적 문제를 또렷이 보여주었다. 미국 지리학자 재러드 다이아몬드Jared Diamond가 〈붕괴: 사회들이 어떻게 실패나 성공을 고르는가Collapse: How Societies Choose to Fail or Succeed〉에서 설득력 있게 보여준 것처럼, 숲의 사라짐은 붕괴된 사회의 가장 뚜렷한 징후이자 가장 근본적인 요인이다. 사회적 위기는 인구가 자원보다 많아지면서 나온다. 너무 많은 농민들이 너무 많은 땅에 너무 많은 곡식을 심게 되고, 경지를 만들기 위해 숲이 제거된다. 숲이 사라진 산비탈은 사태가 나고 홍수와 가뭄이 심해진다. 그래서 경지의 토양이 씻기어

Joyce

나가고 토양의 양분이 줄어들며 마침내 경지까지 줄어든다.

　북한의 경우, 애초에 그런 재앙을 부른 요인이 명령경제 체제의 낮은 생산성이었다는 점만이 다르다. 개인들이 토지를 갖지 못해서 나온 농업 생산성의 하락은 식량의 부족을 불렀고, 중앙 계획 당국은 산비탈에 계단식 밭을 만들어 경지를 늘리는 대안을 추구했다. 그래서 전국 산지의 숲이 조직적으로 사라졌다. 게다가 가난한 주민들은 땔감과 재목을 구하러 산으로 갈 수밖에 없어서, 산은 빠르게 황폐해졌다.

　자연히, 식목을 통한 숲의 조성은 북한 사회의 재건에서 필수적 요소다. 산들이 헐벗은 채로 남아있는 한, 홍수와 가뭄은 심각하고 토양의 침식은 이어질 터여서, 농업 생산은 낮을 수밖에 없다. 아쉽게도, 숲의 조성이 북한의 재앙의 근본적 원인인 압제적이고 비효율적인 체제를 바꿀 수는 없다. 북한이 현재의 명령경제 체제를 유지하는 한, 생산성은 낮고 주민들은 가난할 것이다. 그리고 주민들이 가난한 한, 그들은 땔감과 재목을 얻으려고 산으로 가서 나무들을 베어낼 것이다.

　그러나 명령경제 체제를 버리고 시장경제 체제를 고르는 것은 더할 나위 없이 압제적인 북한 정권을 근본적으로 위협한다. 무너진 북한 경제의 개혁을 도우려는 남한의 호의적 제의들을 북한 정권이 줄곧 물리친 까닭이 거기 있다. 북한 정권은 자신의 생존을 도울 만한 지원만을 받아들인다.

북한 주민들이 사람답게 살 수 있는 사회로 가는 길이 워낙 아득하고 험난해서, 행사에 나온 북한 주민들을 바라보는 눈길은 착잡했다. 민둥산들이 숲으로 덮인 모습을 상상하기도 쉽지 않았다. 그래도 묘목들을 키워서 산에 심도록 돕는 일은 북한의 자연 환경을 위한 현명한 투자다. 북한 주민들도 그렇게 여겨서 사업에 호의적이라는 얘기였다. 무엇보다도, 이 일은 북한에 대한 지원이 주민들의 복지보다는 정권의 유지에 도움이 된다는 괴로운 문제로부터 비교적 자유롭다. 밭에서 자라나는 보얀 싹들이 그 점을 일깨워주었다.

그래도 헐벗은 산하를 바라보는 마음엔 어쩔 수 없이 짙은 그늘이 덮였다. 나는 문득 깨달았다, 그 그늘이 원죄 의식과 비슷한 것임을. 이 땅이 한 덩어리임을 가리키는 '한반도'란 말을 쓰는 한, 우리는 이 산하를 이렇게 깊이 아프도록 만든 원죄에서 벗어날 수 없으리라.

무너진 국내성을 돌아
압록강 선착장에서
밤늦도록 바라보나니.
바라보는 것만으로
죄가 되던 강물이여.

하늘에 등을 단
달빛 때문에

달빛 때문에

내 갈 길을 막고서

밤에도 흐르는 강물이여.

[김형영. 〈압록강〉]

　아픈 사람들이 사는 땅은 "바라보는 것만으로 죄가 되"는 것이다. 원죄에 대해 깊이 생각해온 천주교 시인 김형영은 아름답게 절제된 시로 무심한 우리에게 그 점을 일깨워준다.

미루어진 꿈은 어떻게 되는가?

1963년 워싱턴의 인권 행진에서 마틴 루터 킹Martin Luther King Jr은 외쳤다, "오늘 나는 꿈을 지녔습니다I have a dream today." 그가 펼쳐 보인 꿈은 인종 차별이 사라져 모두 정답고 사람답게 사는 미국 사회의 모습이었다. 폭력을 통해서 목표를 이루려는 충동을 경계하고 원칙과 위엄을 따라 꿈을 이루자는 그의 연설은 미국 역사상 가장 중요한 연설들 가운데 하나다.

꿈이야 모두 품는다. 미국의 흑인 시민들에겐 자신들이 사람답게 살 수 있는 세상이 꿈이었다. 안타깝게도, 그것은 쉽게 이루어질 수 있는 꿈이 아니었다. 한 사회의 구조와 풍토는 빠르게 바뀌는 적이 드물다. 차별과 가난 속에 사는 미국 흑인들의 좌절과 분노는 이미 너무 깊어졌다.

1951년에 나온 시집 〈미루어진 꿈의 몽타주Montage of a Dream Deferred〉에서 랭스턴 휴즈Langston Hughes는 미루어진 꿈에 대해서 노래했다. 그 시집에 실린 〈할렘Harlem〉에서 그는 분노와 걱정에 찬 목소리로 물었다, 미루어진 꿈은 어떻게 되느냐고.

미루어진 꿈은 어떻게 되는가?

그것은 말라붙는가
햇볕 속 건포도처럼?
아니면 묵은 상처처럼 곪는가 –
그래서 고름이 흘러나오는가?
그것은 썩은 고기처럼 냄새 나는가?
아니면 껍질이 생기고 설탕을 입는가 –
시럽처럼 부드러운 단것과 같이?

어쩌면 그것은 그저 주저앉을지 몰라
무거운 짐처럼.

아니면 그것은 폭발하는가?

What happens to a dream deferred?

Does it dry up

like a raisin in the sun?

Or fester like a sore –

And then run?

Does it stink like rotten meat?

Or crust and sugar over –

Like a syrupy sweet?

Maybe it just sags

like a heavy load.

Or does it explode?

흑인들의 꿈은 마냥 미루어지는 듯했다. 그들의 좌절과 분노와 폭발도 여전했다. 그러나 미국 사회는 속으로 바뀌고 있었고, 마침내 킹 목사가 펼쳐 보인 꿈이 더할 나위 없이 극적인 모습으로 이루어졌다. 2008년의 대통령 선거에서 흑인 정치가 버락 오바마가 대통령이 되었다.

한 세기 반 전에는 흑인노예제도가 시행되었고 반 세기 전까지도 흑

Joyce

인에 대한 차별과 박해가 공공연히 행해졌던 사회에서 흑인 대통령이 나온 것이다. 그것도 미국 시민도 기독교도도 아닌 흑인의 자식이. 이 것은 미국만이 아니라 온 인류의 위대한 성취다. 오바마를 지지하지 않았던 사람들도 그의 당선을 기꺼워하는 까닭이 거기 있다.

아쉽게도, 흑인 대통령이 나오는 바람에, 여성 대통령이 나올 기회 가 사라졌다. 힐러리 클린턴Hillary Clinton은 지금까지 대통령 자리에 가 장 가까이 간 여성 정치가였다. 그녀의 당선은 물론 큰 뜻을 지녔을 터 이다. 여성에 대한 억압은 인류 문명의 가장 큰 악이었다. 이제 여성에 대한 억압은 많이 사라졌지만, 아직도 남녀 차별은 많은 사회들에서 큰 문제로 남았다. 남녀 차별은 정치에서 유난히 두드러진다.

정치에서의 남녀 차별은 전혀 근거가 없다. "누구도 이 나라를 다 스릴 수 없다"고 정치가들이 자조했던 '유럽의 병자' 영국을 다시 강 국으로 만든 마가레트 대처Margaret Thatcher가 그 점을 잘 보여준다. 고 대의 뛰어난 여성 지도자들이었던 이집트의 하트셰프수트Hatshepsut와 중국의 측천무후則天武后는 어떤 남성 정치가에게도 뒤지지 않았다. 오 히려 허황된 대외팽창 정책을 추구하지 않아서, 그들의 치세엔 나라 가 태평했다.

나로선 이 점이 결정적으로 중요하다. 정치는 원래 여러 세력들이 타협하는 일이다. 그런 일에선 여성의 협조적이고 평화적인 성격이 단

연 중요하다. "사내 아이는 모든 장난감들을 무기로 만들고, 계집 아이는 모든 장난감들을 인형으로 만든다"는 얘기처럼, 이런 성격적 차이는 천성적이다. 경쟁적인 놀이를 통해서 사람의 행태를 살피는 심리학자들은 여성들이 남성들보다 훨씬 협조적이고 약자들을 잘 보살핀다는 것을 밝혀냈다. 정치에 이보다 더 중요한 특질이 있겠는가?

이제 우리 사회도 여러 인종들이 함께 살아가는 사회가 되었다. 나로선 베트남이나 필리핀에서 우리 농촌으로 시집온 여인에게서 태어난 계집아이가 자라서 대통령이 되어 단숨에 성과 인종의 벽을 허무는 모습을 보고 싶다. 내 여생이 얼마 되지 않으므로, 그 꿈을 생전에 볼 수는 없지만 언젠가는 이루어지기를 간절히 희망한다.

내가 만나지 못할 그래서 더욱 그리운 그 계집아이에게 미리 축복의 노래를 보낸다. 하벅_{E. Y. Harburg}의 노래 〈무지개 너머_{Over the Rainbow}〉는 언제 들어도 아름답고 환상적이다. 베트남이나 필리핀에서 우리 나라로 시집온 여인의 딸이 대통령 선서를 하는 장면은 영화 〈오즈의 마법사_{The Wizard of Oz}〉만큼 멋질 것이다.

무지개 너머 어느 곳,
하늘 높은 데 있는 곳,
거기에 있다네
언젠가 내가 자장가에서 있다고 들은 나라가.

무지개 너머 어느 곳,

하늘은 푸르고,

네가 감히 꾼 꿈들이

정말로 이루어지지.

어느 날엔가 나는 저 별에게 소원을 빌 거야:

그리고 구름이 멀리 내 뒤 멀리 있는 곳에서

잠이 깰 거야.

걱정들이 굴뚝 꼭대기 위의

레몬 사탕들처럼 녹아버리는 곳

그곳이 바로 네가 나를 찾을 곳이야.

무지개 너머 어느 곳,

파랑 새들은 날지:

새들은 무지개 너머로 날지.

어째서, 오 어째서 나는 그럴 수 없나?

무지개 너머 어느 곳,

파랑 새들은 날지:

새들은 무지개 너머로 날지.

어째서, 오 어째서 나는 그럴 수 없나?

행복한 작은 파랑 새들이

무지개 너머로 나는데,

어째서, 오 어째서 나는 그럴 수 없나?

Somewhere over the rainbow,

Way up high:

There's a land that I heard of

Once in a lullaby.

Somewhere over the rainbow,

Skies are blue:

And the dreams that you dare to dream

Really do come true.

Some day I'll wish upon a star:

And wake up where the clouds are far

Behind me.

Where troubles melt like lemon drops

Away above the chimney tops

That's where you'll find me.

Somewhere over the rainbow,

Blue birds fly:

Birds fly over the rainbow,

Why, oh why can't I?

Somewhere over the rainbow,

Blue birds fly.

Birds fly over the rainbow,

Why, oh why can't I?

If happy little blue birds fly

Beyond the rainbow,

Why, oh why can't I?

시인의 비명(碑銘)

누구나 자신의 삶에 뜻을 주려 애쓴다. 그래서 자신의 삶을 '평생 이어지는 공연'으로 여기고 그것을 되도록 뜻이 깊은 작품으로 만들려 애쓴다. 그런 욕망의 강렬함은 평범한 삶을 사는 필부필부에게나 두드러진 업적을 이룬 위인들에게나 마찬가지다.

임기가 끝나가는 정치 지도자들이 으레 '역사의 평가'를 들먹이는 것도 그런 사정 때문이다. 비록 당대엔 좋은 평가를 받지 못했지만, 자신의 치적은 후대에 제대로 평가를 받으리라는 얘기다. 실제로 우리는 후대의 평가에 마음을 크게 쓴다. "후대의 독자들을 위해 쓴다"고 말하는 작가들처럼, 생전의 평가보다 사후의 평가를 더 높이 여기는 사람들도 드물지 않다. 하긴 한 사람의 삶에 대한 평가는 그가 삶을 마감한 뒤에야 제대로 이루어질 수 있다.

이런 정황은 예술가의 작품이 사후에 공개될 때 아련한 모습을 한다. 사람은 죽었는데, 그의 혼이 밴 작품이 문득 나타나서 그의 삶을 증언하는 것이다. 그럴 때 우리는 자연스럽게 삶의 모습과 가치에 대해 성찰하게 된다.

며칠 전 작년에 죽은 시인의 유시집을 받았다. 저자의 서명이 있을 곳을 습관적으로 열고 그냥 비어 있는 종이를 한참 내려다보면서, 나는 뜻밖으로 짙은 아쉬움과 서글픔을 느꼈다. 만난 것은 두어 번이고 책이 나오면 서로 보내던 사이였으니, 친구라 하기도 무엇한 사이였다. 내 책을 칭찬한 글을 잡지에 싣고, 그 글을 오려서 수줍은 편지와 함께 보내오기도 했으니, 마음으로는 가까웠던 셈이다. 어쨌든, 뒤늦게 나온 시집을 대하니, 그의 삶이 건너뛰면서 읽은 장편 소설처럼 눈앞을 스쳤다.

그는 널리 알려진 시인도 문단의 주목을 받은 시인도 아니었다. 나 자신도 그를 특별히 주목한 것은 아니었다. 그러나 마음을 바로 하고 그의 유시집을 읽으면서, 나는 그가 긴 투병을 통해서 원숙해졌다는 것을, 그래서 오래 기억될 만한 시 몇 편을 썼다는 것을 깨달았다.

가을이 하늘로부터 내려왔다.

풍성하고 화려했던 언어들은 먼 바다를

찾아가는 시냇물에게 주고,

부서져 흙으로 돌아갈 나뭇잎들에게는

못다 한 사랑을 이름으로 주고,

산기슭 훑는 바람이 사나워질 때쯤,

녹색을 꿈꾸는 나무들에게

소리의 아름다움과

소리의 미래에 대하여 이야기한다

거친 대지를 뚫고 새싹들이

온 누리에 푸르름의 이름으로 덮힐 때쯤

한곳에 숨죽이고 웅크려

나는 나를 묻는다

봄이 언 땅을 녹이며 땅으로부터

올라온다.

[이영유(1950 – 2006), 〈나는 나를 묻는다〉]

자신의 죽음을 받아들인 이 시는 아름답고 슬퍼서, 읽는 이의 가슴에 새겨지리라. 시인에겐 비명碑銘이 따로 없다. 읽은 이의 가슴에 새겨진 시가 바로 비명인 것을.

성욕의 본질이 그러하므로, 우리는 성욕을 제대로 통제할 수 없다. 이 사실은 사회를 이루어 살아가는 동물들에게, 특히 사람에게, 아주 곤혹스러운 문제를 제기한다. 사회가 유지되려면, 성욕을 통제할 규칙들이 있어야 한다. 그래서 모든 사회들에서 도덕, 관습, 성적 금기와 같은 형태의 규칙들이 나온다. 억제하기 힘든 욕구를 사회의 규칙에 따라 억제해야 하므로, 사람들은 늘 부대낀다. 실질적으로는 성의 감옥에 갇히게 된다. 누구도, 덕이 높은 성인聖人들까지도, 그 감옥으로부터 벗어날 수 없다.

헨리 밀러의 〈북회귀선Tropic of Cancer〉은 그렇게 성의 감옥에 갇힌 삶의 모습들을 정직하게 바라보고 담담히 그려낸다. 그런 정직함이 그 작품을 읽는 사람의 넋을 자유롭게 한다. 널리 알려진 것처럼, 1934년 파리에서 출간된 이 작품은 음란하다는 이유로 작가의 조국인 미국에서 오랫동안 출판과 유통이 금지되었다. 1961년에야 미국에서 출판되었고, 이내 음란 재판에 휘말렸다. 그 재판은 1964년에야 작가의 승소로 끝났다.

밀러 자신의 태도는 "음란obscenity에 찬성하고 춘화pornography에 반대한다"는 말로 요약된다. 1961년의 대담에서 그는 자신의 태도에 대해 이렇게 부연했다. "음란은 솔직하고, 춘화는 에두른다. 나는 진실을 말하는 것을, 그것을 그대로 들고 나오는 것을, 필요하다면 충격을 주는 것을, 그것을 위장하지 않는 것을 믿는다. 바꾸어 말하면, 음란은 씻어

넋을 자유롭게 하는 작품

성욕은 으뜸가는 욕구다. 그것은 사람의 모든 욕구들 가운데 가장 셀 뿐 아니라 다른 욕구들을 지배한다. 성욕은 모든 생명체들의 궁극적 목적인 생식에 봉사한다. 따라서 다른 욕구들은 궁극적으로 성욕의 충족을 통해서 생식에 봉사하는 셈이다.

당연히, 성욕은 거세고 거침없다. 성욕이 약하면, 자식들을 남기는 일에서 상대적으로 불리하다. 자연 선택은 성욕이 강한 개체들을 뽑고 약한 개체들을 버린다. 우리는 성욕이 강해서 자식들을 많이 남긴 사람들의 자손들이다. 우리의 성욕이 그리도 거센 것이 조금도 이상하지 않다.

Joyce Jin

내는 과정이고, 춘화는 단지 음침함에 보탠다."

이처럼 그는 자신의 작품들을 가득 채운 음란이 사람들의 마음을 깨끗이 씻어주는 효과가 있음을 잘 알았다. 그리고 그것이 독자들의 넋을 자유롭게 하는 것이다. 그러나 그런 정화는 통상적 방식을 따르지 않는다. 그것은 더러움을 물로 씻어내는 것이 아니라 더운 숨결로 발효시킨다.

이 과정은 자주 인용되는 '거리의 여인들'에 관한 단락에서 잘 드러난다. 매춘이라는 직업을 가진 두 여인을 대비한 뒤, 그는 새침 떠는 여인을 비판하고 솔직한 여인을 칭찬한다. "제르멘느의 생각이 옳다. 그녀는 무지하고 색욕이 넘친다. 그녀는 자신의 일에 마음과 영혼을 바친다. 그녀는 머리부터 발끝까지 창녀이다 – 그리고 이것이 그녀의 미덕이다(Germaine had the right idea: she was ignorant and lusty, she put her heart and soul into her work. She was a whore all the way through – and that was her virtue!)." [정영문 옮김]

'거리의 여인'에 대한 주인공의 따뜻한 눈길과 힘찬 포옹은 모든 더러움을, 그들이 사는 세상의 누추함과 배고픔까지도, 발효시켜 좋은 무엇으로 바꾸었다. 잘 삭은 두엄처럼, 그것은 깨끗하고 냄새가 나지 않고 자양이 많다.

정현종鄭玄宗은 〈좋은 풍경〉에서 그 사실을 단숨에 설파한다.

  늦겨울 눈 오는 날

  날은 푸근하고 눈은 부드러워

  새살인 듯 덮인 숲속으로

  남녀 발자국 한 쌍이 올라가더니

  골짜기에 온통 입김을 풀어놓으며

  밤나무에 기대서 그짓을 하는 바람에

  예년보다 빨리 온 올봄 그 밤나무는

  여러 날 피울 꽃을 얼떨결에

  한나절에 다 피워놓고 서 있었습니다

  땅에 자양을 되돌리는 두엄과 풍요를 위한 제의祭儀는 낳는다. 보얀 삶을 낳는다. 두엄 아래서 솟는 연둣빛 마늘처럼.

  헨리 밀러는 열 편이 조금 넘는 장편소설들을 썼는데, 모두 자신의 삶을 직접 소재로 삼은 '자전적 소설'들이다. 〈북회귀선〉은 그가 1930년대에 파리에서 보낸 삶에 바탕을 두었다. 무명의 미국인 소설가가 이국에서 가난하게 살면서 겪은 일들이 일인칭 화법으로 솔직하게 그려졌다.

  그는 20세기 초엽에 구대륙의 정신적 자양을 찾아서 유럽을 찾은 젊은 미국 작가들 가운데 하나였다. 그러나 그는 다른 작가들보다 훨씬 늦게 유럽에 왔고 헤밍웨이나 피츠제럴드와 같은 '길 잃은 세대Lost Generation' 작가들이 미국으로 돌아간 뒤 2차대전이 일어날 때까지 혼자 파리에 머물렀다. 그 사실이 암시하듯, 그는 유난히 동떨어진 작가였다. 기성 질서에 순응하지 못하고, 전통적 가치에 반항하고, 안정된 직장에서 진득하게 일하지 못하고 날품팔이로 연명하면서, 절망적 상황에서 글을 쓰는 보헤미안 작가의 전통적 심상에 그보다 더 잘 맞는 작가도 드물다. 그는 대학을 겨우 두 달 다니고서 도저히 견딜 수 없어서 중퇴했고, 변변한 직장을 얻지 못하고 떠돌았으며, 파리에 가서도 친구들의 도움으로 살았다.

그의 방랑자적 삶과는 대조적으로, 그는 현실을 잘 알았고 허황된 생각을 지니지 않았다. 특히 그는 이상주의자들을 경멸했고 그들이 세상을 비참하게 만든다고 믿었다. 이 점은 그가 조지 오웰에 대해 품은 생각에서 잘 드러난다. 오웰은 스페인 내란에 참전하기 위해 바르셀로나로 가는 길에 파리에 딱 하루를 머물렀고 그때 그가 헨리 밀러를 찾은 일은 문학사에서 잘 알려진 일화다. 밀러는 오웰에게 스페인에 가는 것은 어리석은 일이고 민주주의를 지키는 일 따위는 헛소리라고까지 했다. 뒤에 그는 오웰을 "어리석은 이상주의자foolish idealist"라고 평했다. 오웰과 같은 이상주의자들이 정치를 하면, 현실 감각을 갖추지 못했기 때문에, 일을 그르친다는 것이 그의 생각이었다.

　요즈음 우리 사회엔 "어리석은 이상주의자들"의 목청이 어느 때보다 높다. 거기서 나오는 폐해들도 당연히 많다. 심지어 헨리 밀러가 성인으로 묘사한 제르멘느와 같은 여인들의 생계를 끊는 법까지 만들었다. 그런 법으로 더러움이 씻긴다면, 이 세상은 얼마나 좋을까. 아니, 얼마나 삭막할까.

　이 사회에선 범죄자가 될 수밖에 없었을 헨리 밀러는 뒤에 현인으로 불렸다. 칼 샤피로Karl Shapiro는 그를 "남근 달린 간디Gandhi with a penis"라 불렀다. 이 세상의 더러움을 조금이라도 씻어내는 현인이 되려면, 남자든 여자든, 그에겐 성기가 달려있어야 한다. 새로 옮겨져 독자들을 기다리는 고전 〈북회귀선〉은 그 사실을 우리에게 일깨워준다.

중소 기업을 경영하는 보림이 아빠께

보림이 아빠께서 경영하시는 주물 공장이 일거리가 없어서 휴업했다는 애기를 보림이 엄마와 통화한 안식구의 입으로 듣고서, 가슴이 덜컥 내려앉았습니다. 그리고 저도 모르게 뇌었습니다, "어떻게 키운 공장인데…"

퇴직금으로 근근이 차렸다는 작은 주물 공장이 차츰 어엿한 기업으로 자라나는 것을 보면서, 저는 늘 즐거웠습니다. 보림이 아빠의 장인匠人 정신과 성실한 인품이 그런 성공의 바탕이었기 때문에, 저로선 더욱 기꺼웠습니다. 경제 성장이나 사회 발전과 같은 추상적 현상들은 실제로는 그렇게 기업이 생겨나서 큰 기업으로 자라나는 과정들의 집합이기에, 늘 흐뭇하고 대견스러웠습니다.

외국인 근로자들을 위해서 식당은 열었다고 안식구가 덧붙였습니다. 그 얘기에 마음이 좀 밝아졌습니다. 공장 식당은 보림이 엄마께서 운영하신다고 들었습니다. 공장이 쉬는데도 갈 곳 없는 외국인 근로자들을 위해 식당을 연 배려가 차가운 소식을 좀 누그러뜨렸습니다.

지금 제조업은 세계적으로 무너지고 있습니다. 제조업의 강국인 일본과 독일도 제조업의 불황으로 위기를 맞았습니다. 주물 공업은 제조업의 바탕이니, 보림이 아빠께서 경영하시는 공장은 더욱 어려울 수밖에 없을 것입니다. 이럴 때 기업을 책임진 사람의 심정은 겪어 본 사람만이 알 수 있을 터입니다. 길은 보이지 않는데, 길이 있거니 하고 밤길을 걷는 사람의 마음일 터입니다.

그렇게 어려운 처지에서도 기업가가 포기하지 않도록 지탱해주는 힘은 책임감이겠죠. 그만두고 싶어도, 직원들의 기대와 불안이 밴 눈길을 보면, 차마 그만두겠다고 얘기할 수 없어서 하루하루 버티는 기업가들이 지금 대한민국에 얼마나 많겠습니까?

보림이 아빠께서 비관적 전망을 내놓자, 보림이 엄마께서 "우리가 60개 일자리를 책임졌는데, 지금 어떻게 포기할 수 있어요"라고 했다는 얘기를 듣고, 저는 소리 내어 웃었습니다. 기업가의 책임감을 통찰하고 남편을 격려하는 보림이 엄마의 모습이 눈에 선했습니다.

그렇습니다. 60개의 일자리는 포기하기엔 너무 소중합니다. 60가정의 행복이 달린 일입니다. '코리언 드림'을 이루려고 먼 땅에서 온 외국인 근로자들에겐 더욱 그러할 것입니다.

젊었던 시절, 우리는 행군하면서 갈라진 목청으로 새로 나온 군가를 불렀습니다.

사나이로 태어나서 할 일도 많다만
너와 난 나라 지키는 영광에 살았다.

이제 일자리를 지키는 것이 바로 나라를 지키는 것입니다. 일자리가 줄어들면, 나라가 제대로 설 수 없습니다. 일자리를 만들고 지키는 기업가들이 이 시대의 진정한 영웅들입니다.

이번 경제 위기는 지금까지 나온 어떤 예측보다도 더 깊고 오래 가리라는 징후들이 나오고 있습니다. 이럴 때 '근거 없는 낙관론'은 누구에게도 도움이 되지 않을 것입니다. 그래도 저는 이 위기를 헤쳐 나갈 주물 공장이 있다면, 그것은 바로 보림이 아빠께서 경영하시는 공장이리라고 믿습니다. 오로지 주물 산업에만 종사한 장인 정신, 성실성, 그리고 책임감을 갖춘 기업가가 이끄는 기업이기 때문입니다.

군복을 벗은 뒤 울산의 제련회사에서 일한 적이 있습니다. 그때 회

사가 무척 어려워서, 원료를 압류당하고 부속 공장 하나를 닫게 되었습니다. 느닷없이 일자리를 잃은 동료들이 고개 숙이고 회사 밖으로 걸어나가던 모습은 제 가슴에 아픈 기억으로 새겨졌습니다. 다행히, 얼마 뒤에 그 공장이 다시 움직이게 되었습니다. 그날의 모습도 선연합니다.

그 동안 일자리가 없었거나
시원치 못했던 모양이었다.
되찾은 형석螢石 부대를 부리고 땀을 씻는 이들은
셋 다 구면이었다.

"이제 계속 도는 거죠?"
지긋한 이가 조심스럽게 물었다.
창고 주임이 끄덕이자, 모두 돌아다보았다.
거기 있었다.

막 불이 들어간 불화물공장弗化物工場
서늘한 몸매로 선 굴뚝이
부두 스친 갯바람에
검푸른 머리를 빗고 있었다.

졸시 〈깃발(1)〉입니다. 제목이 가리키듯, 다시 돌기 시작한 공장의 굴뚝 연기는 제게 삶의 깃발로 다가왔습니다. 대전 대화공업단지 모든 공장들의 모든 굴뚝들에서 연기의 깃발이 나부끼기를 기원합니다.

만나 뵌 지 어느새 여러 해지요? 다시 만나 지금을 회상하면서 담소할 날이 오기를 기원합니다.

노병도 또한 죽는다

6.25전쟁이 '잊혀진 전쟁'이 된 것을 안타까워하는 목소리들이 들린다. 그 전쟁이 나라를 거의 다 무너뜨렸었고 그것을 일으킨 사악한 세력이 아직 그대로 북쪽에 남아서 다시 쳐들어오려 애쓰는데, 우리 시민들의 다수가 그 비참한 전쟁을 잊었다는 사실은 참으로 안타깝고 걱정스럽다. 세상 인심이 가장 잘 반영되는 신문들에서 '6.25 특집'과 같은 기사들을 찾아볼 수 없다는 데서, 그런 현실이 잘 드러난다.

그런 망각으로 당장 나라의 안보가 흔들린다는 사정은 크게 걱정스럽지만, 나로서는 그런 망각이 품은 도덕적 차원도 안타깝다. 침입한 적군을 막아내다 전사한 국군과 국제연합군의 많은 군인들에 대한 추모는 이 나라 어디에서고 찾아보기 힘들다. 노병들에 대한 대우도 너무 야박하다. 그들 덕분에 잘 살면서, 그들에 대한 고마움을 품지 못한 사람들은 불행하다. 스스로 불행하고 둘레의 모두에게 불행하다. 인류 사회를 이루고 문명을 낳은 힘은 서로 돕는 마음이고, 서로 돕는 마음은 서로 고마움을 느끼는 데서 나오고 이어진다. 남의 도움에 고마움을 느끼고 갚으려는 충동은 사회와 문명의 바탕이다. 그래서 우리는 '배은망덕'을 그리도 심중한 죄악으로 여기는 것이다.

우리에게 6.25전쟁에서 적군을 막은 분들을 잊은 것보다 더 심중한 죄가 있을까? 돌아가신 분들에 대한 고마움을 느끼지 못하는 것도 부끄럽지만, 아직 국군 포로들이 북녘에 살아있다는 사실을 우리가 너무 편하게 받아들이는 것은 견디기 힘들 만큼 부끄럽다. 반 세기는 긴 세월이다. 휴전이 되었을 때 학교에 갓 입학한 세대가 이미 일터에서 은퇴하기 시작했다. 그 긴 세월을 지옥 같은 세상에서 전쟁 포로로 살아남은 분들이 있다는 사실이 차라리 경이롭다. "노병은 죽지 않는다; 그들은 그저 사라진다"는 노래 구절이 탄식처럼 나온다.

'노병'이란 말은 우리 가슴 깊은 곳에서 짙은 감정을 불러낸다. 아마도 그래서 그 구절이 널리 알려졌을 터이다. 그 노래의 기원은 19세기 미국 술집에서 불린 노래라고 한다. 그 술집 노래의 곡조에다 미국 육군사관학교 생도들이 가사를 바꾸어 붙였다. 1차 세계대전에 미국이 참전하자, 미군 병사들에게서 연합국 병사들로 퍼졌다.

원래의 가사는 "Old soldiers never die; they simply fade away"
인데, 병사들이 부를 때는, 운을 맞추려고 뒷부분의 'fade away'를 앞
부분의 'die'에 맞춰 'fide a-why'로 발음했다. 참전했던 영국 시인 서
순Siegfried Sassoon; 1886~1967의 시 〈열두 달 뒤Twelve Months After〉에서 그것
을 확인할 수 있다.

'노병은 죽지 않는다; 그들은 그저 사라진다!'
그것이 그들이 지난 봄 행군하면서 부르곤 했던 것이다;
그것이 그들이 공세가 시작되기 전에 말하곤 했던 것이다;
그것이 그들이 마지막 한 사람까지 죽어 오늘 있는 곳이다.

'Old soldiers never die; they simply fide a-why!'
That's what they used to sing along the roads last spring;
That's what they used to say before the push began;
That's where they are to-day, knocked over to a man.

트루먼 대통령과의 불화로 국제연합군 총사령관에서 해임된 맥아서
원수가 미국 양원합동회의에서 연설할 때, 그 구절을 인용해서 연설을
마침으로써 널리 알려졌다. "'노병은 죽지 않는다; 그들은 그저 사라
진다'고 아주 자랑스럽게 선언한, 그날의 가장 인기 높던 병영 노래들
가운데 하나의 후렴을 나는 아직 기억하고 있습니다. 그리고 그 노래
의 노병과 같이, 신이 의무를 알아보도록 준 등불에 비추어 자신의 의

무를 다하려 애쓴 노병인 나는 이제 나의 군대 경력을 접고 그저 사라
져갑니다(I still remember the refrain of one of the most popular
barrack ballads of that day which proclaimed most proudly that
'old soldiers never die; they just fade away.' And like the old sol-
dier of that ballad, I now close my military career and just fade
away, an old soldier who tried to do his duty as God gave him
the light to see that duty)."

'그저'에 해당하는 낱말이 서로 다른 것이 눈에 뜨인다. 서순은
'simply'라고 했고, 맥아서는 'just'라고 했다. 'only'라고 기록된 경우
도 있다. 뜻은 서로 비슷하고 실제로 병영과 싸움터에서 어떻게 불렸
는지 알 수 없지만, 운율을 고려하면, 'simply'나 'only'가 'just'보다 낫
고, 아마도 그렇게 불렸을 것이다.

목숨이 다해도, 다른 사람들이 기억하는 한, 사람은 아주 죽는 것
이 아니다. 유월이 다가와도, 지금 이 땅에선 노병들을 기리는 사람
들이 너무 드물다. 노병도 또한 죽는다, 그들을 기억하는 사람들이 사
라지면.

세월만 오래 흐른다면야

텔레비전에 나오는 북한 사회의 참혹한 모습들은 좀처럼 익숙해지지 않는다. 볼 때마다 가슴이 저리고 마음에 짙은 그늘이 덮인다. 마음에 특히 꺼림칙한 뒷맛을 남기는 것은 금강산 바위들에 붉은 글씨로 새겨진 구호들이다. 그것들은 비참했던 전쟁과 지금 북한 사회가 겪는 압제와 가난을 상징한다.

6.25전쟁 뒤엔 한반도 전체가 상처들로 덮였다. 격렬한 싸움들은 대부분 남한에서 있었으므로, 남한은 상처들이 깊었고 주요 도시들은 폐허들이 되었다. 특히 1950년 9월에 미군과 북한군이 시가전을 벌인 서울엔 제대로 선 건물이 드물었다.

마른 잎 쓸어모아 구둘을 달구고

가얏고 돌바람을 제대로 울리자

풍류야 붉은 다락

좀먹기 전일랬다

진양조 이글이글 달이 솟아

중머리 중중머리 춤을 추는데

휘몰이로 배꽃 같은 눈이 내리네

당! 흥……

물레로 감은 어혈瘀血 열두 줄에 푼들

강물에 띄운 정이 고개 숙일리야

학도 죽지는 접지 않은 원통한 강산.

웃음을 얼려

허튼 가락에 눅혀 보라

이웃은 가시담에 귀가 멀어

홀로 갇힌 하늘인데

밤새 내 가얏고 운다.

　이동주李東柱의 〈산조散調〉엔 당시 우리 가슴에 어린 한이 아스라한 모습으로 담겼다.

　세월이 흐르고 경제가 발전하면서, "학도 죽지는 접지 않은 원통한 강산"의 모습도 빠르게 바뀌었다. '십년이면 강산도 변한다'는 세월의 손길 덕분만은 아니었다. 1960년대 이후 우리 경제는 지속적으로 빠르게 자라났다. 그것은 그때까지 있었던 어떤 역사적 경제 성장보다 빠른 성장이었고, 그것은 자연스럽게 "한강의 기적"이라 불렸다. 경제가 자라나면, 사회의 구조와 모습은 근본적으로 바뀐다. 우리 사회가 한 세대 동안 빠르게 자라나면서 모습이 크게 바뀐 것은 당연하다.

　그런 변화에서 가장 두드러진 부분은 내겐 숲이다. 전쟁 바로 뒤 우리 산들은 나무들이 적었고 민둥산들도 많았다. 그리고 땔감을 산에서 구하는 한, 숲은 우거질 수 없었다. 우리가 석탄, 석유, 가스, 전기를 쓰면서, 우리 숲은 저절로 우거졌다. 통념과 달리, 경제 성장은 환경에 이롭다. 경제적 여유를 가져야, 사람들은 비로소 보다 나은 환경을 찾게 된다. 당장 끼니 걱정을 하는 사람들은 우거진 숲과 맑은 공기와 깨끗한 물에 투자할 힘이 없다. 그래서 유럽의 숲이 울창하고 아프리카의 대지가 헐벗은 것이다.

　남북한이 바로 숲에서 두드러지게 대조적이라는 사실은 우연이 아니다. 북한의 민둥산들은 보기 끔직하다. 수많은 개발 사업들에도 불

구하고, 남한의 숲은 점점 우거진다. 이런 대조는 남북한 사이의 격차를 정직하게 드러낸다. 실제로, 정보 기관에 근무하는 요원이 언젠가 들려준 얘기에 따르면, 북한 사람들이 남한의 모습에서 가장 큰 충격을 받는 것이 우거진 숲이다. 서울의 산들이 모두 우거진 모습을 보면, 그들은 '선전용'으로 그렇게 숲을 가꾸었다고 여긴다. 그러나 차가 서울을 벗어나 수원쯤 다다르면, 여전히 우거진 숲에 충격을 받고서 사정을 묻는다. 주민들이 나무들을 베어가지 않는 상황은 그들로선 상상하기 어렵기 때문이다. 연료로 가스와 전기를 써서 나무를 벨 필요가 없다는 설명을 듣고도 반신반의한다는 얘기다.

　북한의 헐벗은 산하에 다시 푸른 옷을 입히는 일은 힘들고 더딜 터이다. 통일이 되고 두어 세대 동안 많은 자원을 들인 뒤에야, 북한의 아픈 땅들에 생기가 돌 것이다. 금강산 바위들에 새겨진 구호들이 사라지는 데는 훨씬 오랜 세월이 걸릴 터이다. 그래도 세월의 손길은 언젠가는 그 섬뜩한 글자들에서 섬뜩함을 걸러낼 것이다. 냉재冷齋 유득공柳得恭의 〈이십일도회고시二十一都懷古詩〉에 들어있는 백제를 회고한 시에서 우리는 그런 세월을 그릴 수 있다.

　　돌 쟁반은 이지러졌지만 연지를 씻던 곳이고
　　석실에 책들을 감췄다는 얘기는 곧이 들리지 않을 만하다.
　　거친 언덕 가을 풀 속에서 때로 보느니
　　나그네 말 멈추고 당나라 비석을 읽는 모습을.

浴槃零落涴臙脂

石室臟書事可疑

時見荒原秋草裏

行人駐馬讀唐碑

당비唐碑는 부여扶餘에 있던 '대당평백제국비大唐平百濟國碑'를 가리키는 데, 소정방蘇定方이 거느린 당군이 백제를 정복한 과정을 새긴 석탑이다. 18세기 후반 정조正祖 때에 활약한 냉재는 발해渤海 역사에 관한 개척적 연구인 〈발해고渤海考〉를 쓴 실학자다. 그는 고려 사람들이 남조南朝인 신라, 백제, 고구려의 역사인 〈삼국사기三國史記〉만 쓰고 북조北朝인 발해까지 아우른 남북조사南北朝史를 쓰지 않은 것을 비판했을 만큼 민족주의적 사관이 뚜렷한 학자였다. 그의 살피는 눈길엔 폐도 부여는 아직 슬픈 사연들을 생생히 지닌 곳이었을 터이다. 그래도 그는 역사의 잊혀짐을 담담히 그렸고, 그의 시는 울림이 크다.

백제의 멸망은 한반도의 역사에서 가장 비극적인 사건이었다. 그러나 그런 비극도 세월의 손길에 씻기면, 자취가 사라진다. 그래서 그날의 일을 증언하는 비문도 후대 사람들은 무심히 읽게 된다.

사람들이 금강산 바위에 새겨진 구호들을 무심히 읽을 날이 오리라, 세월만 오래 흐른다면야. 그 세월엔 비참한 6.25전쟁도 전설이 되고 그 깊은 상처들도 비바람에 씻겨 사라졌으리라.

침침한 눈으로 읽는 책

1960년대 초엽 동대문에는 아직 전차 종점이 있었고 동대문역도 있었다. 시외 버스 정류장도 거기 있었던 듯하다. 그러나 그때의 동대문을 회상할 때 먼저 떠오르는 것은 외국 서적들을 팔던 헌책방들이다. 그때는 그런 책방들이 꽤 많았는데, 동대문 시장이 번창하면서, 점차 사라졌다. 대신 음식점들과 한약방들이 들어섰다. 그 사실을 우리 시민들이 점점 정신적 자양보다는 육체적 자양에 비중을 크게 두어온 증례로 드는 것은 그리 정확한 관찰은 아닐 것이다. 그러나 그런 생각은 좀처럼 지워지지 않는다.

그 허름한 책방들에 나도 자주 들렀다, 뜻밖의 책들을 만날지 모른다는 설렘을 안고. 비 오는 날 오후 김이 서린 유리문을 옆으로 밀고 들어서면 온몸을 휩싸던 곰팡내 섞인 헌책방의 독특한 냄새는 지금은 어느 곳에서도 맡기 어려워졌지만, 추억 속의 그 냄새는 그때 여학생들과 만났던 장소들의 기억보다 훨씬 짙은 그리움을 불러온다.

그곳에서 내가 즐겨 고른 책들은 풀빛 겉장을 단 펭귄 판 추리소설들이었다. 지금 돌아보면, 그 책들을 읽은 것이 내 문학 수업의 중요한 부분이었다. 그때나 지금이나 책은 값이 싼 편이다. 내가 대학에 들어간 1963년에 펭귄 판은 60원에서 70원쯤 되었고, '에브리맨즈 라이브러리Everyman's Library'와 같은 하드 커버 단행본들은 120원에서 130원쯤 나갔다. 그때 물가 가운데 내가 아직 기억하는 것은 그런 헌책 값뿐이다. 등록금, 하숙비, 쌀값, 담뱃값, 버스 요금과 같은 것들은 하나도 생각나지 않는데, 기억할 필요가 전혀 없는 그 숫자가 머리 한구석에 아프지 않은 티눈처럼 박혀서 빠지지 않는다.

내가 유난히 책을 좋아했다거나 많이 읽어서 그런 것은 아닌 듯하다. 아마도 내가 그런 책들을 살 형편이 못 되었는데, 억지로 샀다는 사정 때문에 그럴 것이다. 나는 실제로 좀 더 영양가가 높은 음식을 먹는 대신 그 책들을 산 것이다. 지금 생각하면, 그것은 가난한 후진국에서 소비를 줄여서 억지로 저축해서 투자하는 것처럼 비장한 맛이 있다. 그래도 마음에 드는 책 몇 권을 고른 날은 마냥 흐뭇했고 한 달 동안 빈 주머니로 지내야 한다는 사실도 가슴의 뿌듯함을 줄이지 못했다.

이제 책 값은 문제가 되지 않는다. 구하기도 쉽다. '아마존'에 주문하면, 한 달 안에 책이 닿는다. 외서를 살 돈도 적었고, 돈이 있더라도, 외환 관리 규정 때문에 구할 수도 없었던 시절엔 상상도 못했을 만큼 편리하다. 그러나 책을 읽을 시간은 줄어들었다. 무엇보다도, 눈이 침침해져서 읽기가 힘들다. 쌓인 책들의 재촉에 못 이겨 밤 늦게 읽다가, 아픈 눈을 비비면, 절로 한숨이 나온다.

내가 어렸을 적엔 비록 배우기를 좋아했으나
책을 사 볼 힘이 없었다.
이제 눈에 흐릿한 꽃들이 어른거리니
만 권의 책들을 다만 헛되이 펴본다.

我少雖好學
無力購書看
而今眼昏花
萬卷徒空攤

18세기 중국의 시인 원매袁枚의 탄식이다. 위의 구절은 〈遣懷雜詩〉 25수 가운데 제25수에 나온다.

작별 없는 시대

미국 작가 코니 윌리스Connie Willis의 〈토지 대장Doomsday Book〉은 21세기 중엽에 젊은 여인이 중세 유럽으로 시간 여행을 하는 모습을 그린 과학소설SF이다. 미국 과학소설 분야의 가장 영예로운 상들인 '성운상Nebula Award'과 '휴고상Hugo Award'을 받은 이 작품은 독자들의 마음을 이내 붙잡고 끝까지 놓아주지 않는다.

그러나, 1992년에 나온 〈토지 대장〉을 지금 읽어보면, 아주 작은 사항 하나가 마음에 걸려 우리가 이야기 속으로 빠져드는 것을 방해한다. 이야기의 무대는 21세기 중엽의 영국인데, 그 사회의 전화기들은 모두 고정된 유선 전화다. 휴대 전화는 없다. 그래서 크리스마스 시즌에 대부분의 사람들이 사무실을 비우자, 그들과 연락할 길이 없고, 그런 사정이 많은 사람들의 운명을 결정한다.

작품 속 상황이 현실에 의해 틀렸음이 밝혀져 작품의 사실성이 떨어지게 되는 것은 미래를 그리는 과학소설 작가들이 늘 맞는 위험이다. 따라서 윌리스가 휴대 전화로 연결된 21세기 사회를 상상하지 못한 것은 특별한 일은 아니다. 1992년엔 이미 휴대 전화가 상당히 널리 쓰였으므로, 그녀가 휴대 전화의 가능성을 보지 못한 것은 이해하기 어렵지만, 실은 과학소설 작가들은 휴대 전화라는 아이디어에 유난히 둔감했다. 텔레비전에서 우주선에 이르기까지, 과학소설 작가들은 많은 것들을 먼저 생각해냈다. 이상하게도, 사람들이 늘 휴대 전화를 갖고 다니면서 그것을 쉴새 없이 쓰는 상황을 상상한 과학소설 작가는, 내가 아는 한, 없었다. 그들은 전화의 진화 방향을 전혀 예측하지 못했고 전화가 텔레비전처럼 그림을 함께 전송하는 붙박이 기계로 진화하리라고 생각했다.

휴대 전화의 등장을 예측하지 못한 것은 과학소설 작가들만이 아니었다. 진정한 혁명적 발명들이 그러하듯, 휴대 전화는 갑작스럽게 나타났고, 그것이 널리 퍼져서 삶의 모습을 근본적으로 바꾸어 놓기 전까지는 그것의 잠재적 힘이 제대로 인식되지 않았다. 휴대 전화의 원초적 기술은 1945년에 나왔고, 첫 제품은 1973년에 '모토로라'가 내놓았으며, 몸에 지니기 편해서 진정한 휴대 전화라 불릴 만한 제품은 1990년대 초엽에 나왔다. 그러나 그것이 사람들의 삶에서 중심적 자리를 차지하리라고 예측한 미래학자들은 드물었다. 휴대 전화가 다른 정보 처리 기구들이 부착될 대좌platform가 되리라 예측한 이도 드물었다.

모든 정보를 처리할 수 있는 휴대용 기구가 나오리라는 예상은 이미 오래 전에 나왔다. 그 기계가 휴대 전화, 휴대 컴퓨터, 그리고 카메라의 수렴을 통해서 나오리라는 점에 대해서도 대체로 합의가 있었다. 전문가들의 의견이 갈라진 것은 그런 수렴의 주체에 대한 예상이었다.

이제 휴대 전화가 경쟁자들을 물리치고 개인 정보처리 기구의 자리를 차지했다. 그리고 다른 기구들의 기능들을 흡수해서 점점 능란한 기구로 진화한다. 지금 돌아보면, 휴대 전화의 승리는 거의 필연적이었다. 휴대 전화는 다른 기구들에 비해 훨씬 싸다. 그리고 사람들은 그것을 늘 쓴다. 카메라나 컴퓨터는 어쩌다 쓰지만, 사회적 동물인지라, 사람은 늘 다른 사람들과 전화를 통해서 연락한다. 싸고 많이 쓰이니, 당연히 널리 보급되었다. 그래서 정보 처리의 대좌 자리를 빠르게 차지했다.

반어적反語的으로, 지금의 휴대 전화는 종래의 전화보다 컴퓨터에 훨씬 가깝다. 인기 높은 'iPhone'이 이 점을 잘 보여준다. 원래 '애플'은 1993년에 'Apple Newton'이라는 휴대 컴퓨터를 내놓고 'personal digital assistantPDA'라 불렀다. 그 제품은 기술적으로 뛰어나서 열성적 애호가들을 얻었다. 그러나 시장의 반응은 그리 뜨겁지 않아서,

1998년에 생산이 중단되었다. 두 해 전에 나온 iPhone은 PDA에 워낙 가깝기 때문에, "만일 애플이 Apple Newton을 중단하지 않고 꾸준히 발전시켰다면, 지금의 iPhone이 되었을 것이다"라는 얘기까지 나온다.

휴대 전화는 우리의 삶의 모습을 근본적으로 바꾸었다. 그리고 앞으로 예측하지 못한 방식으로 우리 삶을 다듬어나갈 것이다. 예컨대, 휴대 전화를 통해서 정보를 얻는 것이 편리하므로, 전통적인 정보 경로들이 많이 사라질 것이다. 전문가들은 늦어도 두 세대 안에 종이 신문과 종이 책은 사라지리라고 예측한다. 지금 우리는 '휴대 전화 혁명'을 겪고 있다.

휴대 전화의 발전과 보급으로 달라진 우리 삶의 모습에서 내 눈에 뜨인 것 하나는 작별의 사라짐이다. 휴대 전화는 개인의 외연을 온 세계로 확장시켰다. 그래서 멀리 떨어진 사람들이 휴대 전화로 늘 연결된다. 지구 저편으로 가는 사람이 "도착하면, 전화할게"라고 말하는 세상에선 작별이란 말에 깊은 뜻이 담길 수 없다. 이제 헤어짐은 있어도 작별은 없다.

교통이 원시적이고 통신 수단은 거의 존재하지 않았던 세상에선 한 번 헤어지면 언제 다시 만날지 기약이 없었다. 먼 데로 시집가면, 부모상을 당해야 친정에 올 수 있었고, 먼 땅으로 가는 귀양은 무거운

형벌이었다. 그런 세상에선 작별은 늘 감정이 북받치는 일이었다. 그래서 옛 시들엔 작별에 관한 작품들이 많고 그 절절한 심정이 가슴에 닿는다.

비 그친 긴 둑 풀빛 짙은데
님 보내는 남포 슬픈 노래만 울린다.
대동강 물이야 어느 세월에 다하랴
이별의 눈물 해마다 푸른 물결 더하리.

雨歇長堤草色多
送君南浦動悲歌
大同江水何時盡
別淚年年添綠波

정지상鄭知常의 〈대동강大同江〉은 아마도 조선 역사에서 가장 큰 사랑을 받은 시일 것이다. 많은 시인들이 이 작품에서 차운次韻한 시를 지었다. 그만큼 작별의 슬픔을 잘 드러냈다. 그러나 요즈음 이 시를 읽으면, 한가로운 물음이 떠오르곤 한다, '작별이 없어진 세상에서도 이 시는 절절함을 그대로 지닐 수 있을까?'

우리 마음속의 부두

꽃샘추위가 오래 머물러서, 봄이 어설프다. 살구꽃 발그레한 망울들은 터질 듯 부풀어도, 산책 길에서 만나는 사람들은 겨울 옷을 그대로 걸쳤다. 경제 위기로 움츠러든 마음도 좀처럼 펴지지 않는 듯, 사람마다 낯빛이 밝지 못하다.

경제 위기가 하도 심각하다 보니, 모두 안전만을 찾는다. 사람들도 기업들도 현금을 움켜쥐고, 금융기관들은 어지간해선 돈을 빌려주지 않는다. 사람들이 돈을 써야 경제가 제대로 돌아갈 터인데, 모두 씀씀이를 줄인다. 이런 행태는 개인적 수준에선 자연스럽고 합리적이지만, 사회적 수준에선 재앙에 가깝다.

안전의 추구는 직업의 선택에서 두드러진다. 요즈음 젊은이들은 모두 공무원이 되려고 애쓴다. 재능이 뛰어난 젊은이들은 거의 다 의사와 법률가가 되려 한다. 모두 안정되고 소득이 높은 직업들을 고르는 것이다. 그렇게 위험을 피하다 보니, 자신의 성품에 맞는 직업을 찾는 일은 엄두도 못 낸다.

사회적으로 바람직한 풍토는 기업가들이 많이 나오는 것이다. 헨리 포드Henry Ford와 빌 게이츠Bill Gates가 우상인 사회가 활기차고 발전할 것은 자명하다. 아쉽게도, 요즈음 우리 사회엔 이병철이나 정주영과 같은 선구적 기업가들을 본받으려는 젊은이들이 너무 드물다. 경제가 어렵다는 사실도 진정한 기업가에겐 그리 큰 문제가 아니다. '마이크로소프트Microsoft'나 '지넨테크Genentech'와 같은 기업들은 불황기에 세워졌다. '휼렛-패카드Hewlett-Packard'나 '폴라로이드Polaroid'와 같은 기업들은 1930년대의 대공황 속에서 태어났다.

내가 얘기하려는 것은 우리 사회의 직업관이 바뀌어야 한다는 점이 아니다. 개인들이 내린 결정은 합리적이고 최종적이며, 그것을 바꾸려는 시도는 부질없다. 내가 얘기하려는 것은 직업이나 씀씀이에서 아주 보수적인 사람이라고 삶의 모든 면들에서 그러할 까닭은 없다는 점이다. 삶은 다양하고 마음은 풍성하다. 경제적 결정이 우리 삶을 모든 면들에서 움츠러들게 하는 것은 어리석다.

그래도 봄은 봄이어서, 풍경이 마음을 설레게 한다. 가만히 살피면, 목숨이 있는 모든 것들이 분주하다.

간다. 누군가를
낯선 것들을
익숙한 것들을
만나러
간다. 익숙한 것들을
낯선 것들을
떠나
간다. 낯선 것들을
익숙한 것들을

황인숙黃仁淑의 〈원무圓舞〉대로, 부지런히 만나러 가는 목숨들이 거대한 춤판을 벌인다. 등성이 길에서 멈춰, 숨을 돌리는데, 뒤쪽에서 불어오는 바람에 바다 냄새가 실린 듯하다. 돌아보면, 한강 위로 흐릿한 하늘이 걸렸고 그 너머에 있을 바다는 보이지 않는다. 그래도 하구에서 실려왔는지, 바다 냄새는 환각은 아닌 듯하다.

봄이 찾은 항구의 모습이 떠오른다. 부두엔 늘 꿈이 부푼다. 익숙한 일상에서 벗어나 새로운 길을 고른 사람들이 느끼는 설렘이 깃발처럼 나부낀다. 부두가 허름하고 지저분할 때도 그렇다.

그곳의 봄은 그리 아름답지 않다 -

그러나 꿈의 배들은 떠난다

봄이 아주 멋지고

삶이 즐거운 곳들로.

그곳의 봄은 그리 아름답지 않다 -

그러나 소년들은 배를 탄다

나처럼 가슴에 아름다움과

꿈을 품고서.

The spring is not so beautiful there –

But dream ships sail away

To where the spring is wondrous rare

And life is gay.

The spring is not so beautiful there –

But lads put out to sea

Who carry beauties in their hearts

And dreams, like me.

랭스턴 휴즈Langston Hughes의 〈부두 거리Water-Front Streets〉는 꿈이 있어
야 삶의 아름다움도 있다는 것을 일깨워준다. 우리는 모두 마음속에

Joyce Jinn

부두를 지녔다. 그리고 거기서 먼 땅으로 꿈의 배를 보낼 수 있다. 경제 위기가 우리 삶을 마냥 지배하는 것을 거부할 수 있다면.

문학의 효용

경제 위기가 닥친 뒤에 책이 더 많이 팔린다는 얘기가 들린다. 실제로 판매량이 늘었는지, 아니면 다른 상품들에 비해 많이 팔린다는 얘기인지 확실치는 않지만, 책이 불황기에 수요가 상대적으로 느는 상품들 가운데 하나인 것은 분명하다.

일차적 요인은 책을 읽는 것이 가장 값싸게 여가를 즐기는 길이라는 점일 터이다. 책 한 권이면 적어도 한 주일은 즐길 수 있으니, 외국 여행이나 골프와 같은 돈이 많이 드는 오락들은 말할 것도 없고, 대체재들인 영화나 공연 관람보다 여가를 즐기는 데 훨씬 덜 든다.

그러나 그런 계산만으로 불황기에 책이 더 많이 팔리는 현상을 다

설명할 수는 없다. 삶이 어려워지면, 책에서 지혜와 위안을 찾는 '진정한 수요'가 늘어난다. 삶이 순조로울 때, 사람은 삶에 대해 깊이 생각하지 않는다. 삶을 즐기기 바쁘다. 살아가는 일이 갑자기 어려워지면, 사람은 삶에 대해 성찰하게 된다. '삶이란 무엇인가?'나 '어떻게 살아야 하는가'와 같은 철학적 물음들을 자신에게 묻게 된다. 몸이 아파야, 몸과 건강에 대해 마음을 쓰게 되듯.

그리고 삶에 대해 성찰하는 데 책만 한 것은 없다. 아니, 책 없이 삶을 성찰하기는 어렵다. 선현들이나 전문가들의 경험과 생각이 담긴 책의 도움 없이 어떤 주제에 대해서 성찰을 지속적으로 하기는 실질적으로 불가능하다. 설령 가능하더라도, 성찰의 폭과 깊이에 엄격한 제약이 있을 수밖에 없다.

이 일에서 효용이 특히 큰 것은 문학이다. 실제로 삶이 어려워지면, 사람은 소설을 가까이 하고 시를 읊으면서 새삼 커 보이는 삶의 문제들에 마음을 모은다. 문학이 그렇게 인기가 높은 근본적 이유는 문학이 잘 짜인 이야기들이라는 사실이다. 이야기는 우리 삶에서 근본적 중요성을 지녔으니, 사람의 지식은 모두 이야기의 형태를 한다. 작은 일에 대한 설명에서부터 심오한 과학 이론에 이르기까지, 우리는 어떤 사물에 대해 이야기함으로써 그것을 설명하고 이해한다. 우리 자신에 대해서도, 우리는 자신이 살아온 과정을 이야기의 형태로 정리해서 자신의 정체성으로 삼는다. 이력서나 자기소개서는 본질적으로 자신에 관한 이야기다. 사람들이 문학을 좋아하는 것이 당연하다.

실은 언어 자체가 이야기의 모습을 지녔다. 한 문장은 주어를 통해서 어떤 화제를 도입하고 그 화제에 대해 술어가 어떤 논평을 하거나 정보를 제공한다. "1958년 어느 비가 내리는 가을 저녁에 독고준獨孤俊의 하숙집으로 그의 친구인 김학이 진로 소주 한 병과 말린 오징어 두 마리를 사 들고 찾아 들었다"라는 문장은 김학이라는 젊은이가 친구의 하숙을 찾았다는 이야기를 우리에게 들려준다. 최인훈崔仁勳의 소설 〈회색인灰色人〉의 첫 문장이 선명하게 보여주듯, 문장 하나에 담긴 그 이야기는 나름으로 완결된 '소형 연극miniature drama'이다.

이처럼 이야기 없이는 우리는 어떤 지적 활동도 할 수 없다. 가장 뛰어난 이야기인 문학이 사람들에게서 사랑을 받는 것이 당연하다.

다음엔, 문학은 삶의 특질들을 구체적 이야기들로 내놓는다. 문학만이 실제로 이 세상에서 살아가는 것이 어떠한지 자세하고 생생하게 보여줄 수 있다. 다른 형태들로 이루어진 지식들은 대개 추상화를 거치므로, 문학처럼 이 세상의 거칠고 복잡하고 서로 얽힌 모습을 자세하고 생생하게 보여주지 못한다.

특히, 시는 사람이 이 세상을 살아가면서 느끼는 것들을 아주 잘 보여준다. 좋은 시들은 삶의 숨은 결들을 보여주고 그런 결에서 우리가

Joyce Ji

느끼는 것들을 기억할 만한 형태로 다듬어 낸다.

신부新婦는 초록 저고리 다홍치마로 겨우 귀밑머리만 풀리운 채 신랑新郎하고 첫날밤을 아직 앉아 있었는데, 신랑新郎이 그만 오줌이 급해져서 냉큼 일어나 달려가는 바람에 옷자락이 문 돌쩌귀에 걸렸습니다. 그것을 신랑新郎은 생각이 또 급해서 제 신부新婦가 음탕해서 그 새를 못 참아서 뒤에서 손으로 잡아다리는 거라고, 그렇게만 알곤 뒤도 안 돌아보고 나가버렸습니다. 문 돌쩌귀에 걸린 옷자락이 찢어진 채로 오줌 누곤 못 쓰겠다며 달아나 버렸습니다. 그러고 나서 사십년四十年인가 오십년五十年이 지나간 뒤에 뜻밖에 딴 볼일이 생겨 이 신부新婦네 집 옆을 지나가다가 그래도 잠시 궁금해서 신부新婦방 문을 열고 들여다보니 신부新婦는 귀밑머리만 풀린 첫날밤 모양 그대로 초록 저고리 다홍치마로 아직도 고스란히 앉아 있었습니다. 안스러운 생각이 들어 그 어깨를 가서 어루만지니 그때서야 매운재가 되어 폭삭 내려앉아 버렸습니다. 초록 재와 다홍 재로 내려앉아 버렸습니다.

서정주徐廷柱 시집 〈질마재 신화神話〉의 첫 편인 〈신부新婦〉는 현실에서 있을 수 없는 '신화'의 형태로 삶의 슬픈 결 하나를 또렷이 보여준다. 한국의 토속적 전통에서 자라나 라틴 아메리카 문학의 '마법적 사실주의magic realism' 전통과 만나는 이 작품에서 우리는 작은 오해가 사람들의 운명을 결정한다는 사실을 새삼 음미하게 되고 뼈저린 한을 심적 자산으로 삼아 살았던 옛 여인들의 삶을 아프게 떠올리게 된다. 이 슬프고 아름다운 시를 읽으면서, 우리는 자신의 삶을 자연스럽게 돌아보게 된다.

까마귀 한 마리가
솔송나무에서
눈가루를 흔들어
내게 쏟아 부은 짓거리가

내 가슴에서
기분이 바뀌도록 했고
내가 망친 하루에서
상당한 부분을 구해냈다.

The way a crow

Shook down on me

The dust of snow

From a hemlock tree

Has given my heart

A change of mood

And saved some part

Of a day I had rued.

　로버트 프로스트Robert Frost의 〈눈가루Dust of Snow〉는 사소한 경험을 다룬다. 누구나 비슷한 경험을 했으리라. 아무 것도 아닌 일에서 문득 마음이 밝아지고 위안을 얻는 경험을. 그리고 무심히 넘겨버렸으리라. 그러나 훌륭한 시인이 다듬어놓으면, 그 사소한 경험은 새로운 뜻을 지니고 되살아난다. 시를 거듭 읽으면서, 우리는 깨닫는다, 그런 경험은 삶의 본질에 상당히 깊숙이 다가간다는 것을.

　불황은 언젠가는 끝날 것이다. 그때 불황 덕분에 다시 책을 찾은 독자들은 어떤 선택을 할까? 다시 책을 멀리할까, 아니면… 어쨌든, 삶을 성찰하는 데는 책보다, 특히 문학보다, 나은 것이 없다는 것만은 분명하다.

우리만 잊은 전쟁

1950년대 초엽 한국 전쟁에서 돌아온 미군 노병들은 아무도 자신들을 기리지 않는다는 사실과 마주쳤다. 미국 시민들은 먼 땅의 전쟁에도 거기서 싸운 병사들에게도 별다른 관심을 두지 않았다. 2차 대전에서 싸운 병사들과는 달리, 한국 전쟁에서 싸운 병사들은 자유 세계를 지킨 영웅들로 대접을 받지 못했다. 그래서 그들은 자신들이 싸운 전쟁을 '잊혀진 전쟁The Forgotten War'이라고 불렀다.

너무 오래 지속된 이 부당한 상태가 마침내 끝났다. 얼마 전 미국 의회는 '한국 전쟁 참전용사 인정법안'을 만들었고, 버락 오바마 대통령은 7월 27일을 '한국 전쟁 휴전 기념일'로 지정했다. 그래서 그날 미국의 국내외 정부 기관들에 일제히 조기가 게양되었다.

그러나 그 비참한 전쟁의 당사자인 우리는 철저히 잊었다. 한국 전쟁에 관한 논의는 거의 없고, 아직도 그 전쟁이 끝나지 않았다는 사실을 우리는 흔히 잊고 산다. 6월 25일에도 별다른 행사는 없고 대중매체들이 가볍게 전쟁을 언급하고 지나간다. 이번 휴전 기념일도 이곳에선 조용했다. 깃대 중간half-mast에 걸린 성조기를 신문에서 보면서, 부끄러웠을 따름이다.

한국 전쟁은 한반도의 역사를 근본적으로 규정했고 아직도 깊은 영향을 미치고 있다. 당연히, 우리는 아직 끝나지 않은 그 전쟁을 알고 거기서 얻은 교훈들을 새겨야 한다. 우세한 북한군의 기습을 받아, 국군은 사흘 만에 무너졌다. 미군의 신속한 개입 덕분에 우리는 북한군을 물리칠 수 있었다. 인천상륙작전이 성공하자, 북한군은 급속히 무너졌다. 북한을 살린 것은 중공군의 개입이었다. 그래서 한국 전쟁의 주역들은 미국과 중국이었고, 전쟁 초기를 빼놓으면, 남북한은 보조적 역할만을 했다.

한국 전쟁을 잊으면서, 우리는 미국에 대한 빚도 함께 잊었다. 큰 도움을 받고도 고마워할 줄 모르는 것은 더할 나위 없이 부끄러운 일이다. 우리는 미국에 대해 감사해야 할 뿐 아니라 전쟁에서 싸운 미군 병사들 모두에게 개별적으로 감사해야 한다. 특히 죽거나 다친 미군 병사들을 늘 고마운 마음으로 떠올려야 한다. 그들에게 한국은 바다 건너 낯선 대륙의 이름도 들어본 적 없는 나라였다. '우리가 왜 여기서 싸워야 하나?'라는 물음은 그들에겐 자연스러웠다. 그래도 그들은 인종과 국적이 다른 사람들의 자유를 위해 용감하게 싸우다 목숨을 선선히 바쳤다. 자기 나라를 위해 싸우는 것은 자연스럽다. 낯선 땅에서 낯선 사람들을 위해 싸우는 데는 훨씬 고귀한 정신이 요구된다. 그렇게 고귀한 정신과 희생을 잊는 것은 우리가 스스로 왜소해지는 것이다.

북한으로 진격한 미군은 중공군의 기습을 예상하지 못했다. 그래서 중공군과의 첫 싸움에서 참패했고 많은 미군들이 죽거나 포로가 되었다. 중공군의 공격을 받고서 워낙 황급히 물러났으므로, 미군은 죽은 병사들의 시신들을 제대로 수습하지 못했다. 그래서 많은 미군 병사들이 이 땅의 흙이 되었다.

만약 내가 죽거든, 나에 관해선 오직 이것만 생각하라:
외국의 들판에 영원히 영국인 어떤 구석이
있다는 것을. 그 기름진 흙에
더 기름진 먼지가 숨겨져 있다는 것을;
영국이 낳고, 다듬고, 일깨워준, 한때는,
사랑할 그 꽃들을, 거닐 그 길들을 준 먼지가,
영국 공기를 마시고, 강들에 씻기고,
고국의 햇살로 축복받은 영국의 몸이.
그리고 생각하라, 모든 사악을 벗은 이 가슴이,
영원한 마음의 맥박 하나가,

영국이 준 생각들을 어디에선가 그대로 돌려준다는 것을;

그 풍경과 소리들을; 그 날처럼 행복한 꿈들을;

그리고 친구들로부터 배운 웃음을; 그리고

영국의 하늘 밑, 평화로운 가슴들에 깃든 점잖음을,

If I should die, think only this of me:

That there's some corner of a foreign field

That is forever England. There shall be

In that rich earth a richer dust concealed;

A dust whom England bore, shaped, made aware,

Gave, once, her flowers to love, her ways to roam,

A body of England's, breathing English air,

Washed by the rivers, blest by suns of home.

And think, this heart, all evil shed away,

A pulse in the eternal mind, no less

Gives somewhere back the thoughts by England given;

Her sights and sounds; dreams happy as her day;

And laughter learnt of friends; and gentleness,

In hearts at peace, under an English heaven.

영국 시인 루퍼트 브루크Rupert Brooke의 〈병사The Soldier〉는 이 땅에 '영원히 고국인 한구석'을 만든 미군 병사들의, 그리고 다른 참전국들의 용감한 병사들의, 마음을 대변할 것이다. 이 소네트는 예언적이어서, 해군 장교로 참전했던 브루크는 1915년 4월에 그리스의 섬 스키로스에서 전사했다.

또 하나 우리가 잊지 말아야 할 것은 중공군이 우리와 싸웠고 한반도의 통일을 막았다는 사실이다. 중국 사람들은 분명히 그 사실을 잊지 않았다. 그들이 북한을 그리도 감싸는 이유들 가운데 가장 근본적인 것은 두 나라가 함께 싸운 우군들이었다는 사실이다. 한국 전쟁을 굳이 '항미원조전쟁抗美援朝戰爭' – 즉 미국에 대항하여 북한을 도운 전쟁 – 이라 부르는 중국의 공식적 역사 인식을 이해하지 못하면, 우리는 중국과의 교섭에서 실패할 수밖에 없다.

무엇보다도, 우리는 피난민들이 늘 남쪽으로 향했다는 사실을 기억해야 한다. 그들은 북한군과 중공군에게 져서 급히 물러나는 국군과 국제연합군을 따라 나섰다. 피난민들이 하도 많아서, 미군은 작전에 애를 먹었다. 게다가 공산군들은 으레 피난민들에 섞여서 공격했으므로, 피난민들의 피해도 컸다. 그래도 피난민들은 물러나는 군대를 기약 없이 따라 나섰다. 그 사실보다 한국 전쟁의 성격을 잘 보여주는 것은 없다.

영웅을 묻으며

조창호趙昌浩 예비역 중위가 별세했다. 우리의 진정한 영웅 한 사람이 죽은 것이다.

6.25전쟁이 나자, 연희대 학생이었던 그는 자원 입대했다. 육군 본부 직속 포병 101대대 관측 장교로 복무하다, 1951년 5월 강원도 인제에서 중공군의 포로가 됐다. 이어 북한군에 강제 편입되었다. 그러나 그는 탈출을 시도했고 다시 붙잡혀서 13년 형을 선고받아 복역했다. 이어 1964년에서 1977년까지 광산에서 강제 노역을 했다. 1994년 10월 마침내 그는 중국으로 탈출해서 인천에 도착했다. 이어 중위로 전역한 뒤, '6.25 참전 국군 포로 가족 모임'의 명예 대표가 되어 아직 북한에 불법으로 억류된 국군 포로들을 구출하는 일에 힘을 쏟았다.

국방부가 전사자로 처리했던 그가 돌아와 병상에서 국방부 장관에게 "육군 소위 조창호, 군번 212966, 무사히 돌아와 장관님께 귀환 신고합니다"라고 신고했을 때, 뜻 있는 시민들은 속으로 울었다. 반가움에, 그리고 부끄러움에. 그리고 아직도 몇 백 명의 국군 포로들이 북한에서 어렵게 살고 있다는 사실 앞에 무력한 분노를 느꼈다.

이제 우리는 그 영웅을 묻는다. 국군장도 아니고, 육군장도 아니고, 이름조차 낯선 '향군장'으로. 재향군인회는 규모도 크고 공적 성격을 짙게 지닌 조직이다. 그래도 대한민국 국군의 공식 기구는 아니다. 대통령은 말할 것도 없고 국방장관도 현역 장군들도 참석하지 않은 영결식엔 예비역들만 참석해서 영웅의 죽음을 안타까워했다.

이럴 수가 있는가? 죽음과 여러 번 맞선 전쟁 영웅에 대한 이 초라한 대우가 가슴을 저리게 한다. 안타까움으로, 그리고 부끄러움으로. 그 초라한 장례에 우리의 참된 모습이 비친다. 우리는 영웅을 동료 시민으로 지닐 도덕적 자격이 없는 사람들이다.

1차 대전의 '갈리폴리 작전'에 참가했던 마지막 노병 앨렉 캠벌이 103세로 죽었을 때, 호주 전역엔 반기가 내걸렸고, 그의 국장에 참가하기 위해 호주 수상은 중국 방문 일정을 단축해서 귀국했다. 영웅들을 기리지 않는 사회의 앞날이 어떻게 밝을 수 있겠는가?

전역식에서 상관에게 경례한 그의 사진을 보면서, 나는 속으로 찰스 울프Charles Wolfe의 〈코루나에서의 존 무어 경의 매장The Burial of Sir John Moore at Corunna〉을 뇐다.

북소리 하나, 장례 곡조 하나 들리지 않았다,
우리가 그의 주검을 급히 보루로 나르는 동안;
어떤 병사도 그의 작별 사격을 하지 않았다,
우리가 우리의 영웅을 묻은 무덤 위에서.

우리는 그를 한밤의 어둠 속에서 묻었다,
우리의 총검으로 잔디를 떼어내면서;
힘겨운 달빛의 안개 어린 빛과
흐릿하게 타는 등불 아래.

쓸모 없는 관이 그의 가슴을 봉하지 않았고,
우리는 그를 천이나 수의로 감싸지 않았다.
그러나 그는 그의 야전 외투를 두르고
휴식하는 전사처럼 누웠다.

우리가 한 기도들은 적었고 짧았으며,
우리는 슬픔의 말을 한 마디도 하지 않았다;
그러나 우리는 죽은 얼굴을 움츠리지 않고 바라보았고,

내일을 쓰디쓰게 생각했다.

그의 좁은 침대를 파내고
그의 외로운 베개를 다듬으면서, 우리는 생각했다,
적들과 낯선 자들이 그의 머리 위를 밟고 지나갈 때,
우리는 먼 바다에 있으리라는 것을!

그들은 떠난 넋을 가볍게 얘기하리라,
그리고 그의 차가운 유골 위에서 그를 꾸짖으리라, ―
그러나 그는 거의 마음을 쓰지 않으리라, 만일 그들이
영국 사람이 그를 눕힌 무덤에서 계속 자도록 놓아 둔다면.

시계가 취침 시간을 알렸을 때
우리의 힘든 과업은 겨우 반만 되어 있었다;
그리고 우리는 적들이 음울하게 쏘아대는
멀고 대중 없는 대포 소리를 들었다.

Not a drum was heard, not a funeral note,

As his corpse to the rampart we hurried;

Not a soldier discharged his farewell shot

O'er the grave where our hero we buried.

We buried him darkly at dead of night,

The sods with our bayonets turning;

By the struggling moonbeam's misty light,

And the lantern dimly burning.

No useless coffin enclosed his breast,

Not in sheet nor in shroud we wound him,

But he lay like a warrior taking his rest

With his martial cloak around him.

Few and short were the prayers we said,

And we spoke not a word of sorrow;

But we steadfastly gazed on the face that was dead,

And we bitterly thought of the morrow.

We thought as we hollowed his narrow bed,

And smoothed down his lonely pillow,

That the foe and the stranger would tread o'er his head,

And we far away on the billow!

Lightly they'll talk of the spirit that's gone,

And o'er his cold ashes upbraid him, -

But little he'll reck, if they let him sleep on

In the grave where a Briton has laid him.

But half of our heavy task was done

When the clock struck the hour for retiring;

And we heard the distant and random gun

That the foe was sullenly firing.

영웅도 때로는 초라한 의식 속에 묻힌다. 19세기 초엽 영불 전쟁에서 포르투갈 원정군 사령관으로 어려운 퇴각 작전을 잘 수행하고서 전사한 존 무어처럼. 전황이 급박하면, 어쩔 수 없다. 그러나 대통령이 스스로 치적을 자랑하고 "내가 잘못한 것이 하나라도 있으면, 말해보라"고 당당히 요구하는 태평성대에 영웅을 그렇게 초라하게 묻는 것은 다르다.

하기야 영웅은 그런 대우를 개의치 않을 것이다. 곧고 힘찬 영웅의 삶에 의식의 화려함이 무엇을 더하겠는가? 세월에 썩지 않는 영광이 그의 무덤을 지키리라.

천천히 그리고 슬픔에 젖어 우리는 그를 눕혔다,

새롭고 피로 흥건한 그의 명성의 싸움터에서 날라와서.

우리는 비명碑銘 한 줄 새기지 않았고 비석 하나 세우지 않았다 ―

다만 그에게 자신의 영광을 오롯이 남겨놓았다.

Slowly and sadly we laid him down,

From the field of his fame fresh and gory;

We carved not a line, and we raised not a stone –

But we left him alone with his glory.

반항적 풍운아를 위한 비명(碑銘)

노무현 대통령의 비석엔 '대통령 노무현' 여섯 글자만 새겨진다 한
다. 원래는 비명이 들어가기로 되었고 비명을 지을 사람도 거론되었
다. 삶은 저마다 진지한 평가를 받을 만큼 소중하고 흥미롭다. 그래
서 한 사람의 삶을 요약하거나 상징하는 글귀를 비석에 새기려는 충
동은 자연스럽다.

우리 사회의 전통은 고인의 행적과 일화들을 길게 소개한 글을 새기
는 것이었다. 비명이 대체로 짧은 운문으로 된 서양의 전통과는 다르
다. 애사哀詞, 뢰誄, 행장行狀, 묘지墓誌, 제문祭文과 같은 글들이 모두 길
다. 요즈음은 서양의 전통을 따르는 추세다.

서양의 대표적 비명은 "편히 쉬소서RIP"다. 삶은 힘들므로, 누구에게나 어울리는 비명이다. "그대 위에 흙이 가볍게 얹히소서"도 로마 시대 이래 흔히 쓰여온 비명이다. 비석에 실제로 새기기 위해서가 아니라 행적을 기리기 위해서 지은 비명들도 많다. 가장 유명하고 감동적인 것은 기원전 5세기 그리스와 페르시아가 싸웠을 때 테르모필레에서 죽은 스파르타 군인 3백 명을 위해 시모니데스가 지은 비명일 것이다. "가서 스파르타 사람들에게 말하시오, 지나가는 그대여,/ 그들의 법을 지켜 우리는 여기 누웠노라고."

한 사람의 삶에 대해 가장 많이 생각하는 이는 물론 당사자다. 그래서 모두 진지한 마음으로 자신의 삶을 잘 요약한 비명을 찾아보게 된다. 그런 자작 비명들 가운데 많은 사람들이 공감하는 것은 키츠의 "그의 이름이 물로 쓰여진 사람이 여기 누워있다Here lies one whose name was written in water"이다. 자신의 삶을 돌아다보면, 누구나 아쉬움을 맛보게 되므로, 그의 자작 비명은 가슴에 긴 여운을 남긴다.

키츠의 자작 비명은 셰익스피어의 〈헨리 8세〉에 나오는 "사람들의 악행들은 청동에 새겨져 남지만, 그들의 선행들을/ 우리는 물로 쓴다Men's evil manners live in brass; their virtues / We write in water"는 구절에 빗댄 것이다. 그러나 그 비명은 훌륭한 작품들을 남긴 시인에겐 어울리지 않는다. 다행히, 그의 비석엔 그의 친구 셸리의 〈아도나이스: 존 키츠의 죽음에 대한 비가Adonaïs: an Elegy on the Death of John Keats〉의 한 구절이 새겨져 있다. "그는 이제 그가 한때 아름답게 만들었던/ 아름다움의 한 부분 이다He is a portion of the loveliness/ Which once he made lovely."

유서를 쓸 때의 노 대통령의 심경은 어쩌면 키츠의 심경과 비슷했을 터이다. "아주 작은 비석"을 세우라고 당부한 데서 그런 정황을 엿볼 수 있다. 그래서 아무런 비명을 넣지 않기로 한 결정은 적절한 것으로 보인다. 그래도 어쩔 수 없이 아쉽다. 노 대통령에겐 반항적 풍운아의 면모가 있었고 많은 사람들이 그런 풍모에 끌렸다. 생시에 그를 알았 던 사람들이 사라지면, 그런 면모에 대한 기억도 사라지게 된다. 그래 서 반항적 풍운아의 면모를 드러낼 만한 시구 하나를 새겼으면 좋겠다 는 생각이 줄곧 들었다.

체제에 반항적이었던 중세 유럽의 시인 프랑스와 비용François Villon; 1431~?의 시에서 한 구절을 따옴 직도 하다. 비용은 파리 대학에서 석 사 학위를 받은 학자였다. 그러나 그는 늘 패싸움과 도둑질에 연루되 었다. 스물네 살 때 동료들과 싸우다 신부를 칼로 찔러 죽인 뒤 그는 거듭 법을 어겨 감옥에 갇히곤 했다. 마침내 1463년 그는 10년 추방형 을 받고 자취를 감췄다.

우리 죽은 뒤에도 살아갈 형제 인간들이여.
우리에게 냉정한 마음을 품지 말기를,
왜냐하면, 그대들이 우리 불쌍한 자들을 동정하면,

신께서 그대들에게 보다 빨리 자비를 베푸시리라.

그대들은 본다 우리들 대여섯이 이리 매달린 것을;

자양을 잘 섭취해서 기름진 살은

오래 전에 뜯어 먹히거나 썩어버렸고,

뼈뿐인 우리는 재와 먼지가 되어간다.

아무도 우리의 비운을 비웃지 말고

다만 신께서 우리 모두를 용서해주십사 신께 기도하라.

그대들을 형제라 부르는 것을 언짢게

여기지 말라, 비록 우리가 법에 의해 처형된

터이지만. 하긴, 그대들도 알지 않는가

사람들이 모두 좋은 판단력을 지닌 것은 아님을;

이제 우리는 죽었으니

성모 마리아의 아들께 우리를 대변해 주기를

그래서 우리에게 내리는 그의 은총이 마르지 않고

지옥의 벼락에서 우리를 지켜주기를.

우리는 죽었으니, 아무도 우리를 괴롭히지 말기를;

다만 신께서 우리 모두를 용서해주십사 신께 기도하라.

빗물은 우리를 씻기고 닦아냈고,

햇볕은 우리를 말리고 검게 태웠다;

까치들과 까마귀들은 우리 눈을 파냈고,

수염과 눈썹을 뽑아냈다.

우리는 잠시도 쉬지 못한다;

이리로 저리로 바람이 부는 대로,

바람 마음에 따라 우리는 끝없이 흔들리며,

새가 쪼아댄 몸은 골무보다 험하다.

그러니 우리 같은 신세가 되지 않도록 조심하라;

다만 신께서 우리 모두를 용서해주십사 신께 기도하라.

만백성 주관하시는 왕자 예수시여,

지옥의 권세에 들지 않도록 우리를 지키시고

그곳에서 할 일도 갚을 것도 없게 하소서

사람들이여 이 일은 절대 비웃을 일이 아니니

다만 신께서 우리 모두를 용서해주십사 신께 기도하라.

Freres humains qui après nous vivez,

N'ayez les cuers contre nous endurcis,

Car, se pitié de nous povres avez,

Dieu en aura plus tost de vous mercies.

Vous nous voyez ci attachés cinq, six;

Quant de la chair, que trop avons nourrie,

Elle est pieça devoree et pourrie,

Et nous, les os, devenons cendre et poudre.

De nostre mal personne ne s'en rie,

Mais priez Dieu que tous nous veuille absoudre.

Se freres vous clamons, pas n'en devez

Avoir desdain, quoi que fusmes occis

Par justice. Toutesfois, vous avez

Que tous homes n'ont pas bon sens rassis;

Excusez nous, puis que sommes transis,

Envers le fils de la Vierge Marie,

Que sa grace ne soit pour nous tarie,

Nous preservant de l'infernale foudre.

Nous sommes morts, amen e nous harie;

Mais priez Dieu que tous veuille absoudre.

La pluie nous a debués et laves,

Et le soleil dessechiés et noircis;

Pies, corbeaux, nous ont les yeux caves,

Et arrachié la barbe et les sources.

Jamais nul temps nous ne sommes assis;

Puis ça, puis là, comme le vent varie,

A son plaisir sans cesser nous charie,

Plus becquetés d'oiseaux que dés à coudre.

Ne soiez donc de nostre confrerie;

Mais priez Dieu que tous nous veuille absoudre.

Prince Jesus, qui sur tous a maistrie,

Garde qu'Enfer n'ait de nous seigneurie;

A lui n'ayons que faire ne que soudre.

Hommes, ici n'a point de moquerie;

Mais priez Dieu que tous nous veuille absoudre.

〈비용의 비명L'Épitaphe Villon〉은 〈교수형을 당한 자들의 노래La Ballade des Pendus〉라고도 불리는데, 1463년 거듭된 범법으로 비용이 교수형을 선고받은 때 쓰여졌다. 그래서 더할 나위 없이 진지하고 절절하다.

스스로 목숨을 끊은 전직 대통령의 장례를 비감한 마음으로 지켜보노라니, 비용의 시구 하나가 머리에서 맴돈다. "작년의 눈은 지금 어디 있는가?Mais où sont les neiges d'antan?" 길게 보면, 거의 모든 사람들의 삶은 작년의 눈처럼 된다. 그리고 그들의 비명은 물로 쓰여진다. 삼가 명복을 빈다.

해마다 꽃들은 비슷하지만

웅건한 글씨가 문득 족자에서 솟구쳐 눈에 들어온다. "臨敵先進爲將義務적을 만나면 먼저 나아가는 것이 장수의 의무다." 의병 참모중장의 직책을 맡았던 그에게 앞장서서 위기를 헤치는 것은 거의 본능처럼 자연스러웠으리라. 그는 늘 앞장섰다. 나라가 살길을 찾아 헤맸지만, 판단이 서면 머뭇거리지 않았다. 그래서 서른 갓 넘고 역사에 우뚝 설 수 있었다.

'예술의 전당' 서예박물관의 '안중근 유묵전'은 그의 순국 100주년을 기념한다. 현존하는 안 의사의 글씨들과 자료들이 거의 다 모여서, 그의 삶을 살피기 좋은 자리다.

"欲保東洋 先改政略 時遇失機 追悔何及동양을 보전하려면, 먼저 정략을 고쳐

” 일본에 대한 진지한
충고를 담은 이 글씨는 훨씬 부드럽다. 정략을 바꾸라는 충고의 바탕
은 그의 〈동양평화론〉이다.

그는 많이 배운 사람은 아니었다. 사서오경과 〈자치통감〉을 통해서
유학을 배웠고 〈만국역사〉와 〈조선역사〉 같은 사서들을 통해서 역사
를 공부했다. 시사 문제들에 대한 안목은 국내외 신문들을 통해서 길
렀다. 학문이 깊지 않았던 그가 국제 정세에 관한 안목을 갖추어 일본
의 간계를 꿰뚫어보고 동양의 진정한 평화를 위한 방략을 제시했다는
사실은 경이롭다. 그의 통찰의 비밀은 아마도 그의 깊은 도덕심이었을
것이다. 20세기 후반 소련의 위세가 세상을 덮었을 때, 거의 모든 학
자들은 소련이 발전하고 있으며 영속하리라 믿었다. 그러나 로널드 레
이건 미국 대통령만은 소련 체제의 허약함을 간파했고 소련의 붕괴를
겨냥한 정책을 폈다. 그를 보좌했던 역사가 리처드 파이프스Richard Pipes
는 레이건의 깊은 도덕심이 그런 통찰의 바탕이었으리라고 술회했다.

유묵과 자료들을 음미하노라니, 영웅의 면모에 가려졌던 그의 인품
이 자연스럽게 느껴진다. 사람의 능력은 제약되었으므로, 높은 덕성은
둘레에 본의 아닌 폐를 끼친다. 그의 큰 뜻은 그로 하여금 때로 가정에
소홀하도록 만들었을 것이다. 법정에서 동생 정근은 “형은 생계를 위
해 온 힘을 쏟았다. 하지만 부모에게 특별히 효행을 했다고 할 수는 없
고, 또 우리들과도 화목한 편은 아니었다”고 진술했다. 막내 동생 공

근은 "[형 부부 사이는] 나쁘다고 할 수 없으나 화목하지는 않았다"고 진술했다. 자신의 목표가 마음을 가득 채워서, 둘레의 생각과 눈길을 의식하지 못하는 그의 모습이 떠오르면서, 입가에 옅은 미소가 어리는 것을 느낀다. 큰일을 이룬 사람들은 모두 그러했다.

족자 하나 앞에 걸음이 오래 머문다. "年年歲歲花相似 歲歲年年人不同해마다 꽃들은 비슷하지만 해마다 사람들은 다르도다." 1909년 10월 26일 그는 확실한 죽음을 향해 하얼빈 역두를 걸었다. 그리고 재판 과정에서 꿋꿋이 자신의 생각을 밝혔다. 그러나 서른한 살에 죽는다는 것이 어찌 아쉽지 않았으랴. 내년에도 꽃은 피겠지만 자신은 이 세상에 없으리라는 생각에 어릴 적에 배운 시구가 떠올랐으리라. 원래 머리 허연 노인의 서글픈 마음을 읊은 유정지劉廷芝의 〈대비백두옹代悲白頭翁〉에 나온 구절이므로, 그의 젊은 가슴에 어린 소회가 더욱 깊었으리라.

낙양성 동쪽 복사꽃 오얏꽃은
날려 오가며 뉘 집에 내리는가.
낙양의 아가씨들 안색에 마음 쓰나
길에서 지는 꽃 만나 길게 탄식하네.
올해 꽃 지니 안색이 바뀌었는데
내년에 꽃 피면 뉘 다시 있을까.
소나무 잣나무 꺾여 장작 된 것 이미 보았고
뽕밭이 바다가 된 일 또한 들었다.

옛 사람은 낙양성 동쪽에 다시 오지 못하고

지금 사람은 도리어 꽃잎 날리는 바람을 마주하도다.

해마다 꽃은 비슷하지만

해마다 사람은 같지 않도다.

씩씩한 홍안의 젊은이들에게 말을 붙이느니

반은 죽은 머리 허연 늙은이를 동정해야 하리라.

이 늙은이의 흰 머리는 가련하지만

예전에는 홍안의 미소년이었노라.

공자와 왕손은 아름다운 나무 아래 만났고

맑은 노래 멋진 춤은 지는 꽃 앞에서 펼쳐졌다.

광록대부의 큰 집에선 비단옷이 열렸고

장군의 높은 누각엔 신선이 그려졌다.

하루 아침에 병들어 누우니 아는 이 없고

봄철 노닐던 일은 뉘 신변의 일이었는지 모르겠노라.

아리따운 눈썹은 얼마나 갈 수 있는가

잠깐 사이에 흰 머리 실처럼 어지럽도다.

옛적부터 노래하고 춤추던 곳을 다만 살피니

황혼에 슬픈 새들만 있도다.

洛陽城東桃李花 飛來飛去落誰家

洛陽女兒惜顏色 行逢落花長嘆息

今年花落顏色改 明年花開復誰在

已見松柏摧爲薪　更聞桑田變成海

古人無復洛城東　今人還對落花風

年年歲歲花相似　歲歲年年人不同

寄言全盛紅顏子　應憐半死白頭翁

此翁白頭眞可憐　伊昔紅顏美少年

公子王孫芳樹下　淸歌妙舞落花前

光祿池臺開錦繡　將軍樓閣畫神仙

一朝臥病無相識　三春行樂在誰邊

宛轉蛾眉能幾時　須臾鶴髮亂如絲

但看古來歌舞地　唯有黃昏鳥鵲悲

　　그의 재판에 참여했던 법관들의 모습도 눈길을 끈다. 특히 인상적인 것은 국선변호인들의 변론이다. 카마다 세이지 변호사는 '적용될 법은 한국 법인데, 한국 형법은 섭외적 형벌 법규가 없으므로, 무죄다'라는 요지의 변론을 했다. 미즈노 기치다로 변호사는 '피고의 행동이 애국심에 나온 것이 분명하므로, 징역 3년 이하의 형이 옳다'는 요지의 변론을 했다. 일본의 들끓는 여론 속에서 나온 이런 변론은 일본이 이미 근대적 법 체계를 지녔음을 잘 보여준다. 당시 조선은 중세적 법 체계를 그대로 지녔었다. 그런 차이가 바로 두 나라의 국력의 차이였고 조선의 독립을 위협했다.

　　그는 믿었다, 조선이 독립을 되찾으면 조선도 발전해서 잘 살 수 있

다고. 대한민국 60여 년의 역사는 그의 믿음이 옳았음을 증명했다. 불
행하게도, 휴전선 북쪽에선 일본의 통치보다 훨씬 압제적인 통치 아래
북한 주민들이 고생한다. 북한 주민들이 자유롭고 풍요롭게 살 때, 그
가 한 세기 전에 시작한 싸움이 끝날 것이다.

이제 그의 몸은 이역의 흙이 되었다. 부끄럽게도, 우리는 그가 묻힌
곳도 정확히 알지 못해서, 국권이 회복되면 조국으로 반장하라는 그의
유언도 지키지 못한다. '대한국인 안중근'이란 서명에 장문이 찍힌 글
씨들만이 남아서, 그의 높은 뜻을 일상에 갇힌 우리에게 일깨워준다.

감정이 절제된 시들

좋은 시를 가려내기는 어렵다. 시가 번역이 가장 어려운 장르라는 사정도 한몫 한다. 그러나 영국 시인 로버트 그레이브스Robert Graves의 견해는 새길 만하다. "나는 좋은 시를 완전히 뜻이 통하고 말해야 할 것 모두를 기억할 만하고 경제적인 방식으로 말하고 시적 이유만으로 쓰어진 시라고 정의해야 할 것이다.I should define a good poem as one that makes complete sense, and says all it has to say memorably and economically, and has been written for no other reason than poetic reason."

많은 사람들이 동양의 가장 위대한 시인으로 선뜻 꼽는 이백李白의 작품들엔 그런 기준에 잘 맞는 시들이 많다. 〈황학루에서 광릉으로 가는 맹호연을 보내며黃鶴樓送孟浩然之廣陵〉는 대표적이다.

오랜 친구는 서쪽 황학루를 작별하고
꽃들 연기처럼 핀 삼월에 양주로 내려가네.
외로운 돛배 먼 그림자는 푸른 하늘로 스러지고
긴 강이 하늘 끝으로 흐르는 것만 보이네.

故人西辭黃鶴樓

烟花三月下揚州

孤帆遠影碧空盡

惟見長江天際流

여행이 힘들고 위험했던 시절 오랜 벗을 멀리 보내는 심정을 풍경에
담은 그림 같은 시다. 그래서 천년 넘게 지난 지금도 애송된다.

모든 글이 그렇지만, 시는 특히 많이 다듬어야 좋은 작품이 된다. 그
래서 감정의 절제는 시인에게 중요한 덕목이다. 극적 상황을 그릴 때
도 감정을 절제하는 것이 긴요하다.

서울에서 무사들이 일어나
사람들을 얽힌 삼처럼 죽였다.
그래도 좋은 날 그냥 버릴 수 없어
흰 술에 노란 꽃잎을 띄운다.

輦下干戈起

殺人如亂麻

良辰不可負

白酒泛黃花

　　김신윤金莘尹의 〈경인년 9월 9일庚寅重九〉은 시인의 감정이 극도로 절
제된 시다. 이 작품의 배경은 고려 의종毅宗 때 일어난 '정중부鄭仲夫의
난'이다. 경인년1170년 8월 30일에 왕과 문신들의 박대를 받던 무신들
이 정중부를 중심으로 정변을 일으켜 문신들을 모조리 죽이고 왕을 폐
위해서 귀양 보냈다. 김신윤은 문신이었는데 평소에 무신들을 잘 대
접했다. 그래서 동료 문신들이 모두 참혹하게 죽을 때, 그를 아낀 무
신의 도움을 받아 화를 모면했다. 그 참혹한 정변이 채 마무리되지 않
았는데, 고려 때엔 큰 명절이었던 중구를 맞아, 혼자 술을 들면서 읊
은 시다.

　　이 작품에선 시인의 감정이 거의 드러나지 않는다. 피를 뿌린 정변
의 모습을 단 두 줄로, 그것도 중립적인 태도로, 묘사하고서, 명절을
맞아 막걸리에 국화 꽃잎을 띄우는 자신의 모습을 메마른 목청으로 담
담하게 그렸다. 가슴 속 들끓는 감정들을, 원한도 분노도 회한도, 지
그시 눌러 가두고, 새어 나오는 탄식까지 되삼키면서, 꽃잎을 띄워 혼
자 술을 드는 사소한 몸짓으로 자신의 심경을 드러냈다. 그런 절제 덕
분에 이 시 속엔 큰 힘이 고여 있다. 이 시를 처음 읽었을 때, 나는 그

Joyce Jin

힘에 놀라 멈칫했었다. 무심코 고압선에 가까이 갔다가 흠칫 놀라서 물러서듯.

한시엔 그렇게 절제된 시들이 많다. 짧고 엄격한 형식에 시상을 담아 냈기 때문에 그러할 터이다. 특히 단 네 줄로 시상을 다 드러내야 하는 절구絕句들에 그렇게 감정이 절제되어 속에 힘이 응축된 작품들이 많다.

연평령 아래 바로 창성,
살기는 하늘에 닿았고 북과 피리가 운다.
패한 장수들과 살아남은 병사들은 돌아오지 못하는데,
저녁 햇살은 큰 강에 끝없이 빗긴다.

延平嶺下是昌城
殺氣連天鼓角鳴
敗馬殘兵歸不得
夕陽無限大江橫

조선 중기의 명신 박엽朴燁: 1570~1623의 〈창성昌城〉도 그런 작품이다. 이 시의 배경은 17세기 초엽 광해군光海君 치세에 조선 군대가 후금後金 군대에 져서 항복한 사건이다. 흥기한 후금에 밀리던 명明이 조선에 원군을 요청하자, 조선은 오도도원수 강홍립姜弘立으로 하여금 군대를 이끌고 명군을 돕도록 했다. 1618년 10월 평안도 창성에 이른 조선군은 이듬해 2월에 1만 3천 명의 병력이 압록강을 건너 명군에 합류했고 3월에 부차富車 전투에서 후금군과 싸워서 참패했다.

박엽은 여러 고을의 수령을 지내면서 큰 업적을 쌓아 명성이 높았다. 그는 원래 문신이었지만, 함경도와 평안도의 수령을 지낼 때는 점점 강성해지는 여진족의 세력을 경계해서 국경의 수비를 강화했다. 강홍립이 이끈 군대가 압록강을 건널 때, 그는 평안도 감사였으므로, 부차 전투에서의 참패는 그에게 특히 큰 충격이었을 것이다.

그러나 그의 시엔 감정이 거의 드러나지 않는다. 그는 패전의 충격, 적군에게 사로잡힌 장병들에 대한 걱정, 정세에 대한 불안, 그리고 삶의 덧없음을 큰 강에 빗기어 떨어지는 햇살을 묘사한 마지막 구절에 응축시켰다. 이처럼 절제된 표현은 이 작품을 힘이 넘치는 절창으로 만들었다. 우리 한시의 전통에선 큰 역사적 사건을 사실적으로 그린 작품들이 드문 터라, 마른 목청으로 비극적 사건을 사실적으로 읊은 〈창성〉은 문학적 성취에서도 두드러진다.

아쉽게도, 요즈음 우리 사회에선 한시가 거의 읽히지 않는다. 한문으로 시를 짓는 전통은 실질적으로 끊긴 지 오래다. 한자에 익숙한 사람들이 빠르게 줄어드니, 앞으로 한시의 독자들은 더욱 줄어들 것이다. 우리 시의 전통에서 개항 이전에 한시가 주류였음을 생각하면, 이런 사정은 여러 모로 아쉽다.

크리스마스의 메시지

지금부터 꼭 58년 전 1950년 12월 20일 밤 군수품을 나르는 미국 화물선 메레디스 빅토리Meredith Victory 호는 흥남 부두에 다가섰다. 전날 부산에서 짐을 내리던 레너드 라루Leonard LaRue 선장은 흥남으로 오라는 긴급 명령을 받고 북쪽으로 올라온 터였다.

중공군에게 기습 당한 국제연합군이 걷잡을 수 없이 밀리던 그때, 흥남 지역에 남은 미군은 보병 제3사단뿐이었다. 장진호에서 압도적인 중공군에게 포위된 뒤 영웅적으로 싸워서 오히려 중공군에게 훨씬 큰 손실을 입히면서 탈출에 성공한 해병 제1사단은 엿새 전에 해상 철수를 완료했고 이어 국군 수도사단과 미군 보병 제7사단이 철수했다. 중공군과 북한군은 점점 줄어드는 미군 지역을 공격하고 있었다.

적의 공격을 받는 상황에서 해상으로 철수하는 일은 가장 어려운 군사 작전이다. 아주 어렵다는 상륙 작전보다 훨씬 어렵다. 그렇게 위태로운 상황에서도 미군은 피난길에 나선 북한 주민 98,000명을 배에 태워 무사히 남한으로 데려왔다. "배들이 충분했다면, 그 숫자의 곱절을 구할 수 있었다"고 당시 해상 철수 작전을 지휘한 제임스 도일James H. Doyle 제독은 술회했다. 개마고원을 넘은 바람이 휩쓰는 부두에서 여러 날을 견디고서도 끝내 흥남 부두에 남아야 했던 피난민들이 10만 가까이 되었다는 얘기다. 거기 남겨진 이들을 향한 안타까움과 그리움은 반 세기 넘은 지금도 〈굳세어라 금순아〉 가락에 실린다.

압도적인 적군의 압박 속에서 미군 제10군단 전체가 성공적으로 철수한 흥남철수작전은 역사상 가장 크고 성공적인 해상철수 작전이었다. 98,000명의 민간인을 함께 태워서 철수한 것도 물론 고귀한 기록이다. 이 작전이 낳은 여러 기록들과 업적들에 메레디스 빅토리 호도 뜻깊은 기록을 더했다.

메레디스 빅토리 호에 피난민들을 태우는 일은 12월 20일 21시 30분에 시작되어 이튿날 아침 11시 10분에 끝났다. 배가 가득 차자, 디노 사바스티오Dino Savastio 일등항해사가 라루 선장에게 배에 탄 피난민들은 모두 14,000명이라고 보고했다. 이것은 역사상 배 한 척에 가장 많은 사람들이 탄 기록이다. 배에 탄 사람들은 흥남 부두에 남겨진 사람들과는 비교가 되지 않을 만큼 큰 행운을 얻은 터였다. 그러나 그들의

서정적 풍경 2, 우리 마음속의 부두

처지도 절박했다. 화물선이라 메레디스 빅토리 호에는 여객들을 위한 시설이 전혀 없었다. 피난민들이 가득 들어찬 선창들은 깜깜하고 환기도 제대로 되지 않았다. 물도 음식도 없었다. 화장실이 없었으므로, 더러움과 냄새도 지독했다.

배가 기뢰들이 제대로 제거되지 않은 흥남항을 빠져나와 남쪽으로 향했을 때, 사바스티오 일등항해사가 올라와서 함교bridge의 라루 선장에게 큰 소리로 물었다, "선장님, 우리가 몇이나 태웠죠?"

선장이 큰 소리로 대꾸했다, "당신도 알잖소? 만 사천 아니오?"

그러자 일등항해사가 득의의 얼굴로 외쳤다, "선장님, 이제 만 사천 일 명입니다."

"뭐라고?"

"아기가 하나 태어났습니다. 사내 아입니다!"

엄동에 갈 곳도 모른 채 무작정 외국군대를 따라 나서서 세찬 바람에 쓸리는 부두에서 여러 날을 보내고 겨우 배를 얻어 타서 깜깜하고 냄새 나는 선창에서 물도 음식도 없이 견디는 피난길에서 새 생명이 태어난 것이다. 선원들은 기꺼워하며 그 아이에게 '김치'라는 이름을 붙여주었다.

사흘 뒤 배가 부산항에 닿자, 선원들과 피난민들은 환호했다. 그때 부산항만청의 한국인 관리들이 승선해서 부산항에 들어올 수 없다

고 통보했다. 부산은 이미 피난민들로 넘쳐서 받아들일 여지가 없다
는 얘기였다. 충격을 받은 선원들에게 그 관리들은 "거제도로 가라"
고 말했다.

그러자 선장이 사정했다. "이 지치고 배고픈 피난민들을 보시오. 내
가 물자를 좀 얻어볼 테니, 잠깐만 여기 머물게 해주시오." 그리고 그
는 자신이 아는 부산항의 미군들과 연락해서 물과 쌀을 얻어서 배에
실었다.

다음날 아침 거제도로 향하면서, 선장은 일등항해사에게 말했다.
"어젯밤 쌀하고 물을 실을 때, 문득 지금이 크리스마스 이브라는 것
이 생각났소. 우리 선원들은 피난민들에게 자기 옷가지들을 주고 있
었는데, 가슴이 하늘에서 온 것 같은 무엇으로 찹다. 크리스마스의
메시지가, 친절과 선의의 메시지가, 찾아온 것이었소. 이 슬픔으로 가
득한 배에. 여러 세기 전 예수의 가족처럼, 폭압적 권력으로부터 도망
친 이 배의 사람들에게."

갑자기 삶이 어려워진 터라, 이번 성탄절엔 58년 전에 라루 선장
이 한 얘기가 더욱 깊이 울린다. 김종삼(金宗三)의 〈물 통(桶)〉을 뇌
어본다.

희미한

풍금風琴 소리가

툭 툭 끊어지고

있었다

그 동안 무엇을 하였느냐는 물음에 대해

다름아닌 인간人間을 찾아다니며 물 몇 통桶 길어다 준 일밖에 없
다고

머나먼 광야廣野의 한복판 얇은

하늘 밑으로

영롱한 날빛으로

하여금 따우에선

　나흘 뒤 메레디스 빅토리 호가 최종목적지인 거제도에 닿았을 때, 그 배의 피난민 수는 14,005명으로 늘어나 있었다. 항해 중에 아기 다섯이 태어난 것이다. 그 배가 거제도에 닿은 것은 크리스마스였고 그래서 그 배는 뒤에 '기적의 배ship of miracle'로 불렸다. 그때 태어난 아기들은 며칠 뒤 예순 살이 된다. 그들의 삶도 작은 기적들이다.

● 후 기

이 수필집은 2009년 봄에 나온 〈서정적 풍경, 보나르 풍의 그림에 담긴〉의 속편이라 할 수 있다. "시와 산문 사이의 거리가 멀어지는 현상"을 아쉬워하면서, 둘 사이의 거리를 좁혀 보고자 했던 그 책의 뜻이 이 책에도 담겼다. 딸아이의 그림이 내 글의 안팎을 밝히는 것도 마찬가지다. 글은 바뀐 것이 없어 독자들의 반응이 걱정스러운데, 그림은 상당히 달라진 듯하다. 아비로선 그런 변모가 대견스럽다.

2010년 가을 복거일

● 찾아보기